레전드급 낙오자 11

홍성은 장편소설

초판 1쇄 찍은 날 § 2020년 11월 10일
초판 1쇄 펴낸 날 § 2020년 11월 17일

지은이 § 홍성은
펴낸이 § 서경석

총괄팀장 § 노종아
편집책임 § 강서희
디자인 § 소소연

펴낸곳 § 도서출판 청어람
등록번호 § 제387-1999-000006호
등록일자 § 1999. 5. 31
어람번호 § 제1-3095호

주소 § 경기도 부천시 부일로 483번길 40 서경B/D 3F (우) 14640
전화 § 032-656-4452 팩스 § 032-656-4453
http://www.chungeoram.com
E-mail § chungeorambook@daum.net

ISBN 979 11-04-92276-3 04810
ISBN 979-11-04-92131-5 (세트)

레전드급
낙오자

목차

Chapter 1

"됐다, 됐어!"

이 상황에서 가장 신이 난 건 말할 것도 없이 마구니 동맹 마라 파피야스의 분신들이었다. 특히 이 상황을 끌어낸 300번 대 분신들이 주역이었다.

"이게 이렇게 대박을 치게 될 줄이야!"

최악의 상황까지 각오했던 마구니 동맹으로선 그야말로 판을 뒤엎는 역전이었다.

에르메스를 이용해 만신전에 건 최후의 모략이 맞아떨어지고, 그걸 기반으로 천계에 건 술수가 제대로 먹혔다.

"이걸 이진혁이 이길 수 있진 않겠지."

"그래, 혼자 힘으로 어떻게 될 일이 아니니 말이야."

"그랑란트는 이진혁을 제외하면 나약한 인류종뿐이야."

"이겼다……. 이번에야말로 이겼다!"

서로가 마라 파피야스 본신임을 주장하면서 무게를 잡던 평소의 모습은 간 곳 없었다. 그저 기쁨에 겨워 날뛰는 마구니들만이 거기에 있을 뿐이었다.

"게다가 이 승리는 이거 하나로 끝나는 게 아니지."

"지금 천계의 방어막이 숭숭 뚫렸으니…….

"천계를 완전히 장악하는 건 일도 아니야."

박수가 나왔다. 한 명의 박수로 끝나지 않았다. 환호성이 튀어나왔고 다 함께 박수를 치기 시작했다.

"이런 걸 두고 일석이조라 부르는 거지!!"

"하핫! 그저 이진혁을 치우려고 둔 수였는데, 이렇게 신의한 수가 될 줄이야!"

"이 공은 결코 작지 않아. 빨리 상급 회의에 상신해야겠어."

"이제 우리가 상급 회의가 될지도 몰라!"

소리를 지르는 자, 노래를 부르는 자, 춤을 추는 자까지 나왔다. 회의장은 문자 그대로 축제 분위기였다.

그만큼이나 마구니들은 자신들의 승리를 의심치 않았다.

　　　　*　　　　　*　　　　　*

　잭 제이콥스에게서 연락이 왔다.

　만신전의 총력전에 이어, 천계마저도 지금까지의 병력 이상
의 대병력을 그랑란트에 투사하겠다는 소식이었다.

　이 상황이 녹록하지 않음은 지금 와서 두 번 말할 것도 없
다. 당장 직감이 내게 위험 신호를 보내고 있었다. 대국적인
위기 상황인지라 직감이 멈추지 않고 반응해, 머리가 지끈지
끈 아팠다.

　─개입하겠습니다.

　잭 제이콥스는 단정적으로 말했다. 어지간하면 내가 경험
치 다 먹겠다고 거절할 발언이나, 이런 상황에서까지 호기를
부리고 있을 수는 없었다. 오히려 잭 제이콥스가 단호히 말해
줘서 안도하는 나 자신까지도 발견할 수 있었다.

　"…그래, 염치없지만 부탁해야겠군."

　결국 나는 잭 제이콥스의 지원 약속에 고개를 끄덕이고 말
았다.

　그나마 교단의 지원을 받을 수 있어서, 그 지원 병력이 한
쪽을 틀어막아 줘서 다행이다 싶다. 가능한 한 도움을 받고
싶지 않았지만, 그것도 목숨을 건지고서야 할 말이다. 나 혼자
의 목숨만 달린 게 아니라 이 세계 모든 인류종들의 목숨이

걸린 문제니 말이다.

이야기를 들어보니 의회를 설득하기 위해서는 제대로 된 출처를 통해 얻은 데이터를 통해 왜 군대를 전개해야 하는지 설명해야 하는데 이래서는 투입 타이밍이 늦는다. 그래서 총통 직할의 부대를 우선 투입하고 의회에는 사후 인준을 받는 식으로 우회가 가능하다고 한다.

물론 이는 편법이고 잭 제이콥스의 정치적 행보에 별로 좋은 영향을 끼치지는 못하리라. 총통 연임마저 불투명해질 수도 있다.

아무리 이런 긴급 상황을 위해 존재하는 총통 직할의 부대라지만, 어디까지나 외부인인 나와 변방 세계인 그랑란트를 지키기 위해 교단의 젊은이들을 희생시킨다는 프레임에 갇히면 빠져나오기 힘들 테니 말이다.

그럼에도 불구하고 나와 그랑란트를 위해 희생해 주는 잭 제이콥스에겐 아무리 감사의 말을 해도 부족하다.

―무슨 말씀을. 저와 제 부하들, 나아가 교단 전체를 구해 주신 폐하의 은혜를 기억하고 있습니다. 고작 이것으로 폐하께 입은 은덕을 다 갚을 수 있으리라 생각하지 않습니다.

"…말이라도 고맙군."

―진심입니다.

어라, 이상하다. 눈물이 나올 것 같네. 아무래도 내가 헛살지는 않은 것 같았다.

─그럼 폐하, 직할대를 소집하고 출전을 준비해야 하니 이만 물러가겠습니다.

"그래. 부탁해. 고마워."

나는 잭 제이콥스와의 통신을 끝내고 집무실의 푹신한 의자에 몸을 묻었다.

"어휴."

상황이 자연스럽지 않다. 지난번과 마찬가지로 말이다.

서로 별로 우호적이지도 않은 두 세력, 만신전과 천계가 무슨 갑자기 동맹이라도 맺은 것처럼 그랑란트에 협공을 걸어온다.

"뭐지, 이것들? 제국 시대의 영국, 프랑스도 아니고."

아니, 영국과 프랑스도 이러지는 않았다. 그것들 둘도 인도차이나반도 점령하면서도 서로 완충지대 둔답시고 태국을 점령하지 않고 내버려 뒀었으니까. 그런데 만신전과 천계는 완벽하게 호흡을 맞추고 있었다.

누군가가 배후에서 두 세력의 사이를 조율하지 않는 한, 이런 상황은 나오기가 힘들다.

"…마구니 동맹."

배후에서 상황을 조종하는 의문의 세력. 그 세력의 정체를 나도 그렇고 잭 제이콥스도 마구니 동맹이라 생각하고 있었다.

물증은 없다. 교단의 에이전트도 마구니 동맹의 흔적 비슷한 것을 찾아냈을 뿐, 확증을 거머쥔 건 아니다. 그러나 다른 용의자가 없는 이상, 그들을 의심하는 건 자연스러운 추론이었다.

"아니, 이런 생각이나 할 때가 아니지."

확실하지도 않은 배후 세력에 대해 고민하고 있을 때가 아니다. 당면한 과제가 너무 버거워서 현실도피를 한 모양이다. 반성하자.

잭 제이콥스가 지원해 줄 수 있는 총통 직할부대는 당연히 교단이 투사할 수 있는 병력의 일부에 불과하다. 그들이 천계 병력을 소멸시켜 줄 수 있을 거라고 생각해선 안 된다. 오히려 시간을 벌어다 주는 정도로 생각해야 한다. 이것만 해줘도 정말 큰 도움이 될 테지만 말이다.

그러니 최대한 빨리 만신전의 병력을 소멸시키고 천계 쪽으로도 대응할 수 있도록 전략을 짜야 했다. 뭐, 전략을 짠다고 해도 그냥 처음부터 최대한 화력을 집중시키고 다음으로 이동한다는 한 줄 정도가 고작이지만 말이다.

은, 엄폐물이나 지형 등의 변수가 많은 지상에서의 전투와 달리 시야가 확 트이고 숨을 곳도 없는 우주에선 기껏해야 화력전이냐 기동전이냐를 선택할 수 있을 따름이다.

적어도 나는 다른 교육을 받지 못했다. 우주전 교육을 해

주는 기관이 있는지조차 의문이지만 말이다. 설령 그런 기관이 있다고 해도 지금 교육 같은 걸 받을 여유 따위가 있어 보이지는 않았다.

그나마 다행으로 받아들일 수 있었던 건 만신전의 병력이 예상보다 늦게 도착할 것 같다는 정보였다. 사실 그 이면의 의미를 생각하면 좋게만 받아들일 수는 없다. 양면 전쟁을 벌이기 위해 침략 타이밍을 조율하고 있을 가능성이 높다고 봐야 한다.

그럼에도 불구하고 시간을 번 건 번 거다. 이 시간을 얼마나 유용하게 쓸 수 있는지에 따라 우리의 생존이 갈릴 것이다.

*　　　　　*　　　　　*

나는 후루호이에게 내 [푸른 유성]을 맡기고 개조를 부탁했다. 사실 도박적인 시도였는데, [푸른 유성]이 개조 중일 때 적 병력이 쳐들어오면 전함 없이 맞서 싸워야 할 상황에 처하게 될 위험이 내포되어 있기 때문이다.

그러나 나는 도박에서 이겼다.

아니, 벌써부터 승리를 입에 담을 시기가 아니지. 하지만 후루호이와 코볼트들, 드워프들, 그 외 협력자들은 적들이 쳐들어오기 전에 [푸른 유성]의 개조를 완료시켜 주었다.

여기에서 협력자들의 명단에 나도 이름을 올렸다. 어차피 [레벨 업 쿠폰]이 남으니, 몇 장 찢어서 새로운 직업의 레벨을 올렸기에 가능한 일이었다. 스킬 부여사라는 게 그 직업이었는데, 가진 스킬을 소모해서 해당 스킬의 효과를 아이템에 부여할 수 있는 직업이었다.

물론 제한이 붙어 있다. 어떤 스킬 효과는 특정 종류의 아이템에만 붙일 수 있고, 그나마도 전부 적용되는 것은 아니다.

그럼에도 불구하고 나는, 우리는 이것을 만들어냈다.

"이름하여 하이퍼 이진혁 로봇입니다!"

"아니거든?"

나는 의기양양하게 선언한 두프르프의 선언을 잘라냈다. 이 드워프는 로봇이라는 단어를 어디서 주워들은 거야? 아, 나구나. 범인은 나였다. 괜히 말했다.

어쨌든 이 새로이 건조된 전함의 정식 명칭은 다음과 같다.

[기적적으로 축복받은 신비한 진홍 혜성]

여기서 [기적]과 [축복]과 [신비]는 옵션이니, 진짜 이름은 [진홍 혜성]인 셈이다.

전작인 [푸른 유성]에 비해 다섯 배 이상 거대하지만, 스킬 부여사의 스킬로 [가속] 스킬의 효과를 부여한 덕에 그 운용 속도는 세 배 이상 빠르다. 그야말로 유성보다 빠른 혜성의 이름을 붙일 만한 결과물이다.

푸른 전함을 개조했는데 겉면이 붉어진 이유는 드워프들이 새로이 합금해 낸 [이진혁금] 덕이다. 저것들은 왜 새로운 합금 이름에 내 이름을 붙이고 난리야? 파란색인 창천금을 주재료로 썼는데 왜 빨개지지? 이런 의문은 가질 필요가 없다. 적어도 나는 그랬다. 뭔가 열심히 설명을 해줬지만 절반 이상 알아들을 수 없었으니까.

이제 와서 새로운 합금의 이름에 내 이름을 붙였는지에 대해서도 의문을 가지는 걸 포기했다. 물어봤자 쓸데없는 이야기나 할 게 뻔했기에 나는 그냥 넘어갔다. 두프르프는 설명을 하고 싶어 하는 분위기였지만……. 그렇기에 더더욱 그냥 넘어가야 했다.

가벼우면서 튼튼하고 내부의 에너지는 잘 전달하면서 외부의 에너지는 튕겨내는 속성을 지니는 이 [이진혁금]으로 인해 [푸른 유성]보다도 거대하면서도 빠르게 움직이는 [진홍 혜성]이 완성될 수 있었다.

"그치만 주여! 이 로봇에는 [푸른 유성]보다도 강력한 [하이퍼 이진혁 모드]가 탑재되어 있나이다! 그러니 하이퍼 이진혁 로봇이라 칭하는 것에 아무런 무리도 없나이다!"

두프르프가 억울한 듯 외쳤다. 그의 말대로였다. 이 [진홍 혜성]에는 [푸른 유성] 시절의 [슈퍼 이진혁 모드]를 개량하고 강화한 [하이퍼 이진혁 모드]가 탑재되어 있었다.

그렇다. [진홍 혜성]도 인간형으로 변형한다. 더 크고 강력한 로봇 형태로 말이다.

더불어 변형 도중엔 무방비해졌던 [푸른 유성] 때와 달리 변형 시에 방어막을 전개하며 바깥에는 충격파를 터뜨린다. 추가적으로 변형 시간은 불과 1초 정도로 획기적으로 줄였다. [세계를 혁명하는 힘]까지 더하면 혁명력 1짜리 순간 변형이 가능해진 셈이다.

[이진혁금]의 특성에 더불어 스킬 부여의 효과가 더해진 덕이었다. 이게 아니었다면 변형을 시도하는 순간 모든 부품이 우그러져 자폭으로 이어졌으리라.

"더군다나 저 로봇의 얼굴 조형은 주의 용안을 참조하였나이다!!"

성능이랑은 상관없는 이야기지만, 누가 저 로봇의 얼굴 부위에다가 내 얼굴을 갖다가 박아놓았다. 내 참, 누가 저기다 저런 걸 만들어놓은 거야?

물론 두프르프다.

만약 이 걸작을 창조하는 데 두프르프가 큰 일조를 하지 않았다면 나는 그에게 치도곤을 내렸을 것이다.

그리고 완성한 후에나 깨달은 거지만, 이 로봇은 거대한 신상의 역할도 겸하고 있었다. 로봇 형태로 돌아다니며 신도들에게 보여주기만 해도 그들의 신앙을 끌어 올리는 효과를 보인다. 우연의 일치겠지만 이것도 두프르프 덕이긴 한 거였다.

실제로 왜 전함에다 인간 형태로 변형하는 기믹을 일일이 넣느냐고 후루호이에게 물어봤더니 이런 대답이 돌아왔다.

"멋있잖습니까?"

후루호이도 두프르프도 별생각 없이 넣은 게 분명했다.

*   *   *

"주여, 그 기능을 활성화해 보소서."

"아, 그랬지."

나는 [진홍 혜성]에 아직 점검해 보지 않은 기능이 남아 있음을 후루호이의 말을 듣고서야 뒤늦게 알아챘다.

"[금신전선 상유십이]."

이미 [진홍 혜성]에 설치를 완료한 [천자총통]의 옵션 스킬을 사용하자, 12척의 [진홍 혜성]이 추가로 나타났다. 그리고 예의 그 기능이 활성화되었다.

"[합체]!"

총 13척의 [진홍 혜성]이 서로 달라붙고 연결되어 단 한 대의 거대한 로봇으로 완성되기까지 걸린 시간은 불과 12초! 교전 중에 써먹기에는 여전히 지나치게 긴 시간이나, 이 시간을 두고 불평할 정도로 나는 양심이 없지는 않다.

"오오!"

"진짜! 진짜로 되는군요!!"

그런데 옆에 있던 후루호이와 두프르프가 마음에 걸리는 말을 내뱉었다.

"이거 테스트 미리 안 해본 거였어?"

"지금 테스트 중입니다, 주여."

두프르프가 대답했다. 그렇군!

"그런데 '진짜 되는군요!'는 뭐야? 안 될 줄 알았어?"

"상정한 성공 확률은 12%였습니다, 주여."

후루호이가 이어 대답했다. 애매하게 낮은 수치다. 적어도 실패 확률이 성공 확률보다 8배는 높다. 물론 내 행운은 999+니, 이 정도 확률로 실패할 일은 없었겠지만 말이다.

"만약 실패했으면?"

"…저는 성공할 거라 믿고 있었습니다, 주여."

"저, 저는 기적을 믿고 있었습니다, 주여!"

방금 잠깐 침묵했던 건 뭐지, 두프르프? 후루호이, 방금 어째서 말을 더듬은 거야? 두프르프, 너는 왜 식은땀을 흘리고 있지? 후루호이, 네 꼬리가 잔뜩 부풀어 있는데 그건 왜지?

"이 테스트로 말미암아 확실히 성공 확률을 끌어 올릴 수 있습니다, 주여!"

"한 번 성공했으니, 이 데이터를 기준으로 세부 조정을 거치면 됩니다! 끼잉끼잉!!"

왜 그런 말을 변명하듯 덧붙이는 거지?!

매우 신경 쓰였지만, 나는 굳이 짚지 않기로 했다. 좋은 게 좋은 거 아닌가.

그리고 솔직히 목숨은 이들이 걸었지 내가 건 게 아니다. 나는 설령 13척의 전함이 유폭되더라도 능력치도 높은 데다 몸을 보호할 스킬도 많고 어차피 중급 신이라 살아남을 수 있지만, 이들은 거의 확실히 죽었을 테니 말이다.

그런 의미에서 볼 때, 이들은 목숨을 걸고 [진홍 혜성]의 시험비행에 임해준 거다. 오히려 경의를 표해야 마땅하다. 반응을 보아하니 목숨을 걸었다는 자각은 별로 없어 보였지만, 그거야 뭐……. 좋게 넘어가자!

＊   ＊   ＊

　[진홍 혜성]의 테스트 비행을 마치고 재조정에 들어간 후루호이와 두프르프를 두고 나는 이진혁 월드 타워의 최상층 집무실로 돌아왔다. 어느덧 이진혁 월드 타워라는 건물 이름에 익숙해지고 있다니, 시간의 흐름이란 실로 무서웠다.

　"다시 뵙게 되어 영광입니다, 폐하."

　집무실에는 손님이 도착해 있었다. 왜 손님이 먼저 집무실에 있고 내가 나중에 도착했냐면, 차원문의 좌표로 지정해 둔 게 집무실이었기 때문이다.

　"그래, 반갑군. 잭 제이콥스. 이렇게 도와주러 와줘서 고마워."

　"최대한 빨리 오기 위해 서둘렀습니다만, 이렇게 늦고 말았군요."

　"아니, 적은 아직 오지 않았어. 늦었다고 볼 수 없지."

　잭 제이콥스는 혼자 왔다. 전함을 아이템화해서 인벤토리에 넣은 채 온 거고, 전투 상황이 되면 전함을 불러내 전함 안의 차원문을 통해 총통 직할부대를 소환할 것임을 그로부터 이미 전해 들었기에 나는 놀라지 않았다.

　"아직 시간이 있으니 식사라도……."

　나는 끝까지 말을 마치지 못했다. 긴급 통신이 들어왔기 때문이다.

─적습! 적습입니다, 주여! 다수의 공간 이동 반응이 감지되었습니다!!

궤도권에서 그랑란트제 전함을 타고 정찰 중이던 설원 엘프 엘르히로부터의 통신이었다.

"…할 시간은 없을 것 같군."

"딱 맞춰 왔군요. 더 늦지 않아서 다행입니다."

잭 제이콥스는 웃으며 말했다. 그러나 그 웃음에 여유는 별로 깃들어 있지 않았다. 긴장하고 있는 거려나?

"그럼 부탁해."

그렇다고 부탁을 하지 않을 도리는 없다. 나와 내 백성의 생존을 위해, 승리를 위해.

"알겠습니다, 폐하."

다행히도 잭 제이콥스는 흔쾌히 대답해 주었다. 고마운 일이다.

"후루호이, [진홍 혜성]을 돌려보내. 긴급 상황이다."

─하지만 주여, 아직 조정이 끝나지 않았습니다!

"12%면 충분해."

내 행운이면 말이다.

─알겠습니다, 주여. 부디 건승하시길!!

나는 시스템의 거래창을 통해 들어온 [진홍 혜성]을 받아

들고 잭 제이콥스에게 말했다.

"타워 100층에 전함 부두가 있으니 거기서 출격해 줘. 부탁한다!"

"알겠습니다, 폐하."

잭 제이콥스의 대답까지 듣고, 나는 궤도상의 엘르히에게 말했다.

"기도해라, 엘르히."

―주의 말씀대로 이뤄질 것이나이다!

나는 곧장 엘르히의 앞으로 강림했다. 궤도상의 전함 [그랑란트] 함교였다.

"주여!"

"됐으니까, 적은?"

그 질문이 불필요한 것이었음을 깨닫기까지 그리 오랜 시간이 필요하지는 않았다. 공간 이동 반응만으로 레이더가 새하얗게 보일 정도였다. 원래는 작은 점 하나만 찍혀야 할 게 말이다.

"…만신전이겠군."

천계에서 저 정도 병력을 보냈다면 그것도 그것대로 절망적인 일일 터였다. 그게 아니길 바라야지.

"이놈들은 내가 상대한다. 넌 [그랑란트]를 끌고 지상을 지켜."

천계 놈들이 지상에 직접 차원문을 열고 들어오는 걸 이미 두 번이나 겪었다. 이번에도 그렇겠지. 아니라면 더 좋고.

"예, 주여!"

엘르히의 대답을 듣고 고개를 한 번 끄덕여 준 후, 나는 곧장 스킬을 사용해 우주에 맨몸으로 나갔다.

[폭군의 정당한 권리행사—음]으로 모습과 존재감을 감춘 나는 [진홍 혜성]을 불러내 탑승하고 곧장 [금신전선 상유십이]를 사용해 12척의 [진홍 혜성]을 추가로 불러냈다.

"후웁, 그래. 좋아! [하이퍼 이진혁 모드]!"

내 음성 명령에 따라, [진홍 혜성]은 [하이퍼 이진혁 모드]로 이행해 인간 형태로 그 모습을 바꿨다. 그럼 다음에 할 일은? 당연히 합체지!

"합… 체!"

12척의 전함들이 나를 향해 달려드는 감각은 시각적으로는 섬뜩했으나, 나는 별 걱정도 안 하고 그 광경을 바라보았다. 쿵, 쿵, 쿵!

진짜 신경이 이어진 것은 아니지만 [하이퍼 이진혁 모드]의 옵션으로 전함의 파괴 부위를 감각적으로 느낄 수 있도록 되어 있었다. 그리고 전함들이 내게 와 부딪힐 때마다 그 감각이 자극된다. 충돌할 때마다 조금씩 부서지고 있다는 뜻이다.

그러나 이건 전에도 그랬다. 뭘 어떻게 해야 그렇게 되는지는 모르겠지만, [진홍 혜성]은 부서지면서 합체하고 합체하면서 수리된다.

성공 확률 12%를 뚫어내는 거야 지금 와서 놀랄 일도 아니다. 당연히 성공시켰다.

"초신합체, 하이퍼 이진혁!"

듣는 사람도 보는 사람도 없겠다, 나는 잔뜩 폼을 재며 외쳤다. 장난이나 칠 상황은 아니지만, 혼자 긴장 빨고 얼굴 굳히는 것보다야 낫겠지.

한때 정말 거대하다 느꼈던 만마전의 악마 황제보다도 거대해진, 합체한 [진홍 혜성]을 움직여 보았다. 역시 대기권 내와는 달리 중력 영향이 없어서 그런지 움직임이 한층 더 가볍고 빠르다.

"이 정도 크기면 육중한 게 당연한데 말이지."

그러나 그렇지 않다! 전함을 가속시키는 슬러스터가 섬세하게 움직여 이렇게 거대함에도 불구하고 그냥 맨몸을 움직이는 것과 별 차이 없는 수준으로 속도를 끌어 올려주고 있었다.

"좋아. 간다!"

무중력 공간에서의 [진홍 혜성] 테스트 운용을 마친 나는 공간 이동 반응 지점으로 날아갔다. 마침 차원문 하나가 열리면서 이제까지 봤던 그 어떤 전함보다도 큰 우주선이 튀어나오기 시작했다. 일전에 사로잡은 중급 신을 통해 얻은 정보에 따르면, 저 기술 방식은 만신전이 맞다.

"꺼져!"

나는 왼손을 휘둘렀다. 그러자 [진홍 혜성] [하이퍼 이진혁 모드]의 [로켓 레프트 펀치]가 작렬했다. 왼손 부위를 이루고 있던 전함이 분리되어 부스터를 풀가동해 아광속으로 날아가, 아직 차원문을 다 통과하지 못한 만신전의 우주선을 들이받았다.

뭔가 엄청난 폭발음이 들려야 할 것 같은 광경이지만 매질이 없는 우주인지라 조용했다. 그러나 빛과 충격파만큼은 주변을 요란하게 뒤흔들었는데, [진홍 혜성]에 기본적으로 장착된 배리어 덕에 그마저도 별로 느껴지지 않았다.

하지만 막 차원문을 빠져나오려던 만신전의 입장에서는 재앙이 따로 없을 것이다. 우주선이 폭발하고 유폭하여 반으로 동강 난 것도 동강 난 거지만, 그뿐만 아니라 주변의 차원 좌표가 뒤흔들려 열리려던 차원문이 닫히고 공간 이동 자체가 취소되고 난리도 아니었다.

―으아아악!

―뭐, 뭐야! 뭐에 공격받은 거야?!

―적습, 적습이다!!

대신 만신전의 신들이 내뿜는 정신파가 시끄러웠다. 차단하려면 차단할 수 있으나, 나는 그냥 내버려 두었다. 그보다는 시스템 메시지가 쭉쭉 올라가는 게 더 거슬렸다. 저 정도 폭발이다. 아무리 신이라 한들 죽어나간 놈들이 한둘은 아닌 게 당연했다.

"대단하군!"

나는 백 부스터로 다시 돌아오는 왼손 부위의 [진홍 혜성]을 도로 본체에 합체시키며 전율했다. 적 우주선은 동강 난 것에 비해, [진홍 혜성]은 기스가 몇 개 간 것 외에는 무사했다. 후발 주자이자 신흥 세력인 그랑란트의 기술력이 만신전의 그것을 초월했다는 방증이다.

─저기다!

─저쪽에 적이 있다!

만신전의 신들이 내 존재를 눈치챈 모양이다. 중급 신까지도 내 [기습 준비 태세]를 꿰뚫어 보지 못했으니, 아마도 상급 신들일 것이다. 아니면 [진홍 혜성]이 돌아오는 궤적을 보고 판단했을 수도 있고.

어느 쪽이건 내가 상관할 일이 아니다. 중요한 것은 아직 싸움이 끝나지 않았다는 것. 많은 차원문을 지우고 공간 이동을 취소시켰지만, 그마저도 일부에 지나지 않았다. 차원 좌표의 진동에도 불구하고 차원문을 통해 꾸역꾸역 기어 나오는 만신전의 병력들이 보였다.

나는 [로켓 라이트 펀치], [로켓 레프트 킥], [로켓 라이트 킥]을 차례대로 사용했다. 차례대로 사용했다곤 하지만 세 옵션을 발동시키는 데 걸린 시간은 0.1초도 걸리지 않았을 것이다. 아니, 그보다도 훨씬 짧았다.

"먹고 죽어라!"

마지막으로 [로켓 레프트 펀치]를 한 방 더 날렸다. 아광속으로 날아가는 전함의 몸통 박치기가 4연발! 빛과 폭발의 향연이 이어졌지만 함교는 조용하기만 했다.

"음?!"

나는 직감의 반응에 뒤를 돌아보았다. 내 등 뒤에 차원문이 열리고, 만신전의 전함이 포만 삐죽 내밀고 있었다. 아무래도 공간 이동을 취소당한 만신전의 병력이 내 존재를 눈치채고 반격에 나선 모양이었다.

"나쁘지 않군. 얕볼 만한 상대는 아니야."

문제는 만신전의 기습을 내가 사전에 눈치챘다는 거고, [진홍 혜성]은 그리 느리지 않다는 것도 있었다.

"[로켓 레프트 엘보우]!"

나는 또 한 대의 [진홍 혜성]을 후방으로 날렸다. 명칭에서 알아챌 수 있듯, 내 왼쪽 팔꿈치를 구성하고 있던 전함이다. 그 한 방으로 끝내진 않았다. 한 방으로 끝낼 수 없는 병력이었다. 오른쪽 팔꿈치, 왼쪽 무릎, 오른쪽 무릎. 거의 동시라 할 수 있을 타이밍으로 날려 보냈다.

마침 조금 전에 전방으로 날려 보냈던 전함들이 되돌아왔다. 그리고 그 궤적 또한 적들에게 읽혔을 것이다.

"이래서야, 모습을 감추고 있는 보람이 없군!"

모습을 드러낼 때가 된 것 같다. 나는 [폭군의 정당한 권리 행사]의 스위치를 양으로 돌렸다.

*　　　*　　　*

"이럴 수가, 이런 일이 있을 수 있나!"

상급 신 지엠은 이를 악물고 부들부들 떨었다. 방심했다고 간단히 치워 버리기엔 그 피해가 너무나도 극심했다.

어쩌면 역사상 처음일지 모르는 만신전의 총력전, 그 역사적인 전쟁의 선두에 섰음을 지엠은 자랑스러워했었다. 이 선두의 위치를 따내기 위해 온갖 로비와 물밑 협상, 때로는 더러운 술수까지도 동원했다. 그만큼 이 자리를 탐낸 라이벌들이 많았기 때문이다.

그야 그렇다. 역사에 이름을 남길 명예로운 업적이다. 더욱이 그 난이도가 어려운 것도 아니다. 그냥 차원문 너머로 진군하여 발자국 하나만 남기면 그것으로 평생을 자랑할 만한 업적을 얻을 수 있다.

신들의 수명이 좀 긴가? 그냥 긴 수준이 아니다. 준신이 된 시점에서 이미 영생을 얻었으니 말이다.

그러나 그 긴 생애 동안 자랑할 것이 아무것도 없다는 것은 얼마나 허무한 일인가?

반대로 존재가 지속되는 한 영원무궁토록 빛날 업적으로 자신을 치장할 수 있다는 유혹은 실로 강력했다.

그래서 지엠은 다른 이들이 알게 되면 손가락질할 것이 빤한 추잡한 짓까지 벌이며 지금의 이 자리를 손에 넣었다. 설령 다소의 오명을 뒤집어쓰더라도 앞으로 얻게 될 명성이 더 반짝이며 가려줄 것이라 믿으며.

그런데 이게 뭔가? 차원문을 열자마자 눈에 보이기는커녕 전함의 경보 장치에도 감지되지 않는 질량 병기가 아광속으로 날아들어 기함을 반 토막 내질 않나, 그런 끔찍한 공격을 선전포고도 없이 퍼부은 적의 모습은 찾아볼 수도 없질 않나.

지엠이 전함에 오르기 전에 상정한 적이라곤 먼저 낙원으로 파견되어 낙원을 독점하려고 협잡질을 하는 중급 신과 그 부하들뿐이었다. 그들이 강해봤자 얼마나 강하겠는가? 심지어 그들에겐 전함조차 지급되지 않았었다.

그렇기에 예봉을 맡았음에도 지엠은 별로 긴장하지 않았다. 함대전을 상정하지 않았기에 기함에 특별히 강력한 무장을 마련하지도 않았고, 보좌관들 또한 무력이나 전투력보다는 친분을 우선시해 뽑았다.

이것이 지엠 탓인가? 아니다! 적어도 지엠 본인은 그렇게 생각했다.

그랑란트는 이전까지 알려지지 않은 인류종들이 모습을 드러낸 새로운 낙원이다. 만신전의 모든 신들에게 있어 축복이 되리라 했던 곳이다. 이런 곳을 가는데 왜 비싸고 강력한 무기와 자신의 라이벌이 될지도 모르는 강력한 무신을 옆에 두겠는가?

그런데 그 낙원, 그랑란트에 터무니없는 위협이 도사리고 있었다. 눈에 보이지 않는 위협이.

그러고 보니 먼저 그랑란트를 차지했다던 선발대 놈들, 본래 적으로 상정되었던 그놈들은 대체 어딜 갔지?

"다 죽었겠지!!"

그 버러지 같은 것들이 자신조차 목숨의 위협을 느낄 정도로 강력한 미지의 적대세력을 극복할 수 있을 리 만무했다. 적어도 지엠은 그렇게 생각했다.

사실 그들은 이진혁에 의해 신성이 바닥날 때까지 착취당한 후 포로수용소에 갇혀 있었으나, 지엠은 그 사실을 몰랐으므로 그가 그렇게 생각하게 되는 것도 무리는 아니었다.

아니, 그들 사정이야 어떻게 되든 상관없는 일이다.

지엠은 이를 악물었다.

"크, 으으으……!"

그러자 신음성이 목을 타고 저절로 역류했다.

신들이 죽어간다. 영생과 불멸을 손에 넣은 신들이. 선발대 놈들, 그 버러지들과 마찬가지로.

그리고 이 모든 것들이 지엠의 책임이 될 터였다.

"에르메스! 에르메스!"

지엠은 이를 득득 갈며 한 상급 신의 이름을 외쳤다.

"에르메스에게 속았어!!"

결국 스트레스를 견디지 못한 지엠은 이 모든 것을 에르메스 탓으로 돌리기로 했다. 그리고 그건 사실 그리 틀리지 않았다.

분명 에르메스는 만신전의 왕에게 나아가 그랑란트에 대해 손만 뻗으면 닿을 것 같은 낙원으로 묘사했다. 그러나 그건 거짓말이었다. 낙원이 다 무어냔 말인가.

여긴 지옥이다!

"지금 그게 중요한 게 아니오, 대장! 이대로 있으면 다 죽소!!"

부관으로 데려온 로레알이 소리를 빽 질렀다. 평소에 형 동생 하는 사이라 데려왔더니만 못 하는 소리가 없다.

네가 답을 내야지, 부관이니까! 이렇게 되받아치려다 이런 감정싸움이 생존에 도움이 되기는커녕 오히려 죽을 가능성만 높아지게 만든다는 걸 깨달은 지엠은 꾹 눌러 참았다.

"놈들의 위치부터 파악해! 대강이라도 상관없으니까!!"

"알았소!"

로레알이 레이더를 들여다보았다. 그러나 그 레이더에는 아무것도 비치지 않는다는 것을 지엠은 잘 알고 있었다. 이미 봤으니까. 갑갑해서 소리나 왁 질러볼까 할 때, 누군가의 정신파가 광역으로 울려 퍼졌다.

─저기다!

─저쪽에 적이 있다!

정신파이기 때문에 '저쪽'이 어느 쪽인지에 대한 정보도 담겨 있었다. 그것을 알아차린 지엠은 입술을 한 번 핥고 통신기를 들었다.

"좋아."

훅, 하고 크게 한 번 숨을 내쉰 후 지엠은 통신기를 통해 명령했다.

"공간 이동이 취소된 전함은 좌표를 새로 짜! 놈의 뒤를 노려라!! 공간 이동을 마친 후 대강의 위치라도 상관없으니 대충 쏴재껴! 프렌들리 파이어만 주의해라!!"

반론 같은 건 듣지 않을 요량으로, 지엠은 통신기를 거칠게 내려놓았다. 이 명령으로 말미암아 적어도 이쪽을 향한 포격은 줄어들 것이다. 저걸 포격이라 불러야 될지 의문이긴 하지만.

"저, 대장. 프렌들리 파이어가 뭐요?"

· 그 와중에 로레알은 지엠에게 이런 거나 묻고 앉았다. 아무리 능력보다 친분으로 뽑았다지만 이런 걸 부관이라고……. 몰려오는 두통을 참으며 지엠은 그 질문에 대답해 주었다.

"아군 오사."

"아, 그럼 그렇게 말을 하지. 왜……."

듣다 보니 맞는 말이었기에, 지엠은 그냥 로레알의 툴툴거림을 무시했다.

어쨌든 지엠의 전술은 통하는 것처럼 보였다. 이쪽을 향해 날아오던 질량 병기가 잠시 날아오는 걸 멈췄고, 대신 지정한 좌표를 향해 날아가는 듯 보였다. 우주 공간을 가르고 날아오는 빛과 충격파가 그걸 증명했다.

"좋아, 지금이다. 우리는 이제 도망치자고. 후진시켜."

"알았소, 대장!"

자기 살자고 하는 행동엔 이보다 더 잽쌀 수가 없다. 로레알은 호다닥 일어나 전함의 계기판에 가 앉았다.

적이 모습을 드러낸 것은 그때였다. 섬광이 일었고, 충격파가 번져 나갔다. 그저 모습을 드러낼 뿐인데 이런 폭발과 섬전이라니!

"크!"

그러나 지엠은 견뎌냈다.

"으, 으아아악!"

그런데 로레알은 그렇지 못했다.

로레알이 비명을 질렀고, 그의 오조작으로 인해 전함이 크게 흔들렸다.

"뭐야?! 왜 그래?!"

뒤늦게 지엠은 자신이 견뎌냈던 것을 로레알은 견뎌내지 못했음을 깨달았다.

"주, 죽여 버릴 거야! 죽여 버리겠어!"

그 말이 자신을 향한 것이었음 또한 지엠은 지나치게 늦게 알았다. 날카로운 칼날이 지엠을 향해 번뜩였다. 극도 혼란이라는 상태이상에 걸린 탓이다. 지엠은 한숨처럼 생각했다.

"하찮고, 하찮군."

지엠은 쉽게 로레알을 제압했다. 이럴 땐 친분을 능력보다 우선시한 걸 다행으로 여겨야 하나? 아니, 그렇지 않았을 것이다. 능력 위주로 부관을 발탁했다면 애초에 극도 혼란에 걸려 광증을 일으키진 않았을 테니. 그냥 저항했을 것이다. 자신처럼 말이다.

그리고 자신이 탄, 이미 반 토막 난 기함이 다른 아군 전함을 향해 돌격하는 꼴도 안 봐도 됐을 터였다.

"아주 그냥, …어휴."

빛과 섬광, 충격파가 다시금 지엠을 덮쳤다. 이번에는 소리가 들렸는데, 폭발이 그의 몸을 매질로 해 고막을 진동시켰기 때문이다.

콰아아앙!

*　　　　　*　　　　　*

나는 멍하니 눈앞의 광경을 바라보았다.

"오, 오오……."

[폭군의 정당한 권리행사]의 양 스위치 효과는 절륜했다. 스위치를 넣으면 [기습 준비 태세]가 꺼지는 대신 [폭군의 오라]가 켜지는데, 그 오라에 노출된 적들은 [극도 혼란], [극도 공포], [극도 충격] 등의 상태이상에 걸린다.

이미 스킬 설명으로 알고 있었던 사실이다. 그리고 이미 몇 번 써먹은 스킬 효과이기도 했고.

그런데 함대전에서 이 효과를 써먹으니 아주 난리도 아니었다. 멍하니 멈춘 놈이 나오는 건 기본이고, 아군 전함에 포격을 가하는 놈이 나오질 않나, 심지어 자기네 기함에 돌진을 하는 놈까지 나와 버렸다. 여기서 '놈'이란 전부 전함 단위다.

"오라만 터뜨렸는데 이런 전과라니……."

그 이유는 말할 것도 없이 [진홍 혜성] 덕이다. [하이퍼 이진혁 모드]의 [진홍 혜성]이 갑옷 취급이라, 양 스위치를 올려 얻는 효과인 [폭군의 오라] 또한 [진홍 혜성] 전체를 덮는 형태로 나타난 덕이었다.

이 현상 자체는 이미 [푸른 유성]일 때도 경험한 것이지만, 그때보다도 더 강렬한 효과를 발휘한 건 당연히 [진홍 혜성]이 합체한 상태이기 때문이다. 단순 계산으로도 [진홍 혜성]이 [푸른 유성]보다 13배 크다. 그만큼 [폭군의 오라]도 거대해졌다.

질량과 부피의 폭력이다!

아니, 질량은 아닌가? …뭐 어때! 내가 지금 신나는데!

"좋았어!"

사실 벌써 좋아하고 있을 때는 아니다. 지금 이 공역에 나타난 적들은 만신전의 전력 중 극히 일부에 불과할 테니까. 이것들은 그냥 선발대다. 이것들도 섬멸을 못 시키면 아예 전쟁 자체가 성립이 안 될 정도다.

나는 [폭군의 오라]에 노출되어 굳어버린 적들을 향해 [로켓 라이트 펀치]를 비롯한 전함 펀치를 날려 부쉈다.

"공짜다, 공짜!"

그렇게 한창 공짜 경험치와 공짜 전과를 챙기고 있으려니, 상태이상에서 벗어났는지 허둥대면서도 움직이는 적들이 나타나기 시작했다. 내 쪽을 향해 포격을 가하는 적도 나타났고 말이다.

"훙!"

나는 [폭군의 정당한 권리행사]의 스위치를 음으로 놓았다. [투명화]와 [기척 차단]이 동시에 제공되는 [기습 준비 태세]가 내게 걸렸다. 이로써 적들은 다시 내 위치를 놓치게 될 터였다.

그래도 방금 전까지 내가 있었던 곳을 향해 포격이 날아들고 있었다. 하긴 적들도 바보는 아니지. 나는 재빨리 각부의 슬러스터로 추진제를 내뿜어 고속 이동을 하면서 전함펀치로 날려 보냈던 전함들을 제어해 돌아오도록 해 합체시켰다.

후루호이가 대체 무슨 수를 썼는지는 모르겠지만, 모든 전함은 호환성이 있었다. 발 부위를 구성하던 전함으로 팔꿈치를 대신하는 것도 가능했다. 심지어 기함을 날려 보내더라도 다른 전함을 기함으로 대신하고 가슴 부위에 위치시킬 수 있을 것이다.

뒤이어 돌아온 네 척의 전함으로 팔다리를 구성한 나는 다시금 완전해진 합체 형태의 모습을 되찾았다.

합체 시퀀스의 빈틈을 [기습 준비 태세]로 메운 후, 나는 곧장 다음 공격을 퍼부었다.

"[이진혁의 빛]!"

[진홍 혜성], [하이퍼 이진혁 모드]의 13척 합체 상태의 내 오른손 검지 끝에서 한 줄기의 빛이 뿜어져 나갔다. 뻗어 나가는 빛줄기의 두께와 광량을 보자니 필살 이진혁 빔이라 외쳐도 될 것 같았다. 사실 따지고 보면 빔보다는 레이저에 가깝겠지만 그게 뭐 중요하겠는가? 내 맘인데!

[초월 이진혁]으로 새로이 추가된 지배급의 스킬 효과인 [이진혁의 빛]은 평소에는 그랑란트의 인류에게 자애로운 신비의 축복을 내리는 용도로 쓰였지만, 지금의 빛은 완전히 그 속성이 달랐다. 파괴와 살상의 힘을 담은 패도적인 빛이다.

적들은 생각지도 못한 방향에서 뻗어져 나온 [이진혁의 빛]에 속수무책이었다. 일단 차원문을 통과한 전함들은 다 잘라냈고, 차원문을 통과하고 있는 전함들도 토막을 내주었다. 이 정도면 엄청나게 긴 빛의 칼이라 해도 되겠다.

주변이 조용한 가운데 폭발이 눈으로만 보이는 광경은 일견 신비했다. 저 폭발이 하나 일어날 때마다 적지 않은 생명이 녹아나가는 게 시스템 메시지로 보이지 않는다면 로맨틱하게 즐길 수 있을지도 모르겠다.

그러나 이걸로 싸움이 끝난 건 아니었다. 아직 육신에 묶인 잡신들은 죽어나가고 있었으나, 하급 신 이상은 이야기가 다르다. 완전히 불멸자가 된 신들은 호흡을 필요치 않고, 상급 신의 경우에는 육신이 죽더라도 완전히 소멸당하지 않는다.

실제로 폭발하는 전함에서 탈출한 신들의 모습이 보였다. 무중력 상태에 쉽게 적응하고 신성을 흩뿌려 가며 움직여 집결하는 모습도. 기왕이면 모조리 사로잡아 포로수용소에 처넣고 진득하게 착취하고 싶지만 글쎄, 상황이 그렇게 여유롭지는 않을 것 같았다.

—폐하, 지상에서 천계의 병력과 조우했습니다.

잭 제이콥스의 통신이 들어왔다.

올 게 왔다.

Chapter 2

천계, 천계 놈들. 놈들이 왔구나.

나는 한숨을 내쉬지 않았다. 이를 갈지도 않았다. 예상은
했다. 올 때가 됐다. 오히려 왜 이렇게 늦었나 싶을 정도.

물론 그렇다고 해서 이 상황이 곤란하지 않은 건 아니다.

"미안하군, 잭 제이콥스. 천계 놈들 상대 좀 부탁해."

아무리 생각보다 만신전이 만만하다고 해도, 나는 지금 이
자리를 비울 수 없다. 내가 이 자리를 떴다간 만신전의 전함
이 곧장 그랑란트의 지상을 강습할지도 모르니까.

이게 양면 전쟁의 골치 아픈 점이다. 한쪽을 막으면 다른

쪽이 뚫리고, 그렇다고 다른 쪽을 가면 막던 쪽이 뚫린다.

그나마 다행인 건 잭 제이콥스 덕에 이 사태를 예견할 수 있었고, 그 잭 제이콥스가 만신전의 병력을 이끌고 와줬다는 거였다.

—별말씀을 다 하십니다, 폐하. 이쪽은 저희가 알아서 틀어막겠습니다. 그러니 마음 푹 놓고 눈앞의 일에 전념해 주십시오.

"…그래."

잭 제이콥스의 말이 맞다. 지금은 부채감을 느끼고 있을 때가 아니다. 이 지역을 빨리 정리하고 지상에 합류하는 게 맞는 판단이다.

"간다! 이놈들, 단 한 놈이라도 여길 통과할 생각 마라!!"

나는 그렇게 외친 후에나 아직 [폭군의 정당한 권리행사]가 음 스위치라 적들이 내 목소리를 못 들었을 거란 걸 깨달았다. 하긴 소리를 질러봤자 음성을 전달할 매질이 없는 우주라 안 들렸을 테지만 말이다.

"에잇!"

차라리 잘됐다. 그냥 공격이나 하자.

나는 [폭군의 정당한 권리행사]를 양 스위치에 넣었다.

힘차게!

그랑란트가 침략당한 것은 이번이 처음이 아니다.

테스카가 모르는 세계의 역사를 더 거슬러 올라가면 더 많은 침략을 받았을지도 모르지만, 적어도 그녀가 인식하는 범위 내에서는 이번이 세 번째다.

처음은 괴량, 괴월 형제. 두 번째는 요선들의 무리. 그리고 지금. 세 번 모두 천계가 적들이었다.

"익숙해질 때도 됐는데."

영 익숙해지지가 않는다. 긴장으로 인해 축축해진 손바닥을 가죽 바지에 닦았으나 잘 닦이지 않았다. 그야 그랬다. 이번에는 적들의 숫자가 이전과는 비교도 되지 않을 정도로 많고, 그 병력의 질 또한 훨씬 좋았다. 고작 요선 몇 쳐들어온 것과는 이야기가 다르다.

테스카는 헛웃음을 지었다.

"처음 두 마리만 이 땅에 침략해 왔을 때도 못 이겼었지."

그런데 지금은 단순히 눈앞에만 보이는 수백, 어쩌면 네 자릿수에 달할지도 모르는 신선들을 상대해야 한다. 인간의 군대와는 다른 신선의 군대. 저들 하나하나가 모두 일기당천의 전설적인 전사들이다. 테스카마저도 천계의 신선들에 대한 전설을 들은 적이 있을 정도니 말이다.

그런 저들을 상대로 전쟁을 치르는 거다. 긴장이 안 되면 거짓말이다. 긴장할 수밖에 없다.

테스카에게는 패배의 기억밖에 없다. 천계의 적들을 상대로 승리한 적이 없다.

직접적으로 상대했다 패한 괴량, 괴월 형제와의 전투 경험이 아직 선연하다. 두 번째로 쳐들어온 요선들의 무리도 그녀가 얼어붙어 있는 동안 이진혁이 무찔렀다. 그것은 이진혁의 승리였지, 그녀의 승리라 할 수 없었다.

"우리는 강해, 우리는 강해졌어."

케이가 신경질적으로 되뇌었다. 자기 세뇌를 하려는 것일지도 모른다. 자신과 마찬가지로.

테스카는 그런 케이의 손을 억지로 빼어 잡았다. 손은 식은 땀으로 흥건했다. 테스카와 마찬가지로. 테스카는 케이를 응시했다. 케이도 마주 보았다. 케이의 눈동자가 마구 흔들리고 있었다. 자신의 눈동자도 그리하리라고 테스카는 생각했다.

"천계의 신선들이 우리한테 꿀이라도 발라놨나 보지?"

옆에 섰던 비토리야나가 장난기 담뿍 섞인 목소리로 말했다.

"우리한테만 자꾸 찾아오는 걸 보니 말이야."

비토리야나가 위축된 다른 이들을 위해 일부러 저러는 것임을 테스카는 금방 알아차렸다. 아무리 만마전의 악마 여왕이었다 한들, 이 세계의 한 축을 차지하는 5대 세력 중 하나인 천계의 총력을 앞에 두고 위축이 안 될 리가 없었다.

"주를 믿어."

그에 비해 루시피엘라는 달랐다. 전혀 적을 두려워하지 않았다.

"그리하면 구원을 얻으리니."

루시피엘라의 눈동자에서는 광신의 불길이 타오르고 있었다. 아무리 그래도 너무 현실 인식이 떨어지는 게 아닌가 싶어 어이없는 눈으로 그녀를 보자, 그녀는 그런 테스카의 시선이 기분이 나쁜 듯 얼굴을 찌푸리며 하늘을 가리켰다.

"저들을 봐. 부끄럽지도 않아?"

루시피엘라는 무전기를 들어 공용 회선을 틀었다. 그러자 스피커에서 설원 엘프 승무원들의 목소리가 흘러나왔다.

―기함 [그랑란트]! 출격 완료!

―[그랑란트] 2번 함! 출격 완료! 언제든지 발포 가능합니다!

―주를 위하여! [그랑란트] 3번 함! 출격 완료!

교단의 전함들 사이에, 당당히 그랑란트의 전함 [그랑란트]가 일행의 머리 위에 떠 있었다. 설원 엘프들이 전함의 승무원으로서 활약하리란 소린 테스카도 이미 들은 바 있었다.

엘프들의 목소리는 한없이 맑기만 했다. 자기들끼리 번호를 붙여가며 와자지껄하게 점호를 해대는 그 목소리에 죽음의 공포 따위는 조금도 느껴지지 않았다. 현실감이 없는 건가? 그런 생각이 들었던 것도 잠시.

—주를 위해 죽을 수 있다면 그것도 가문의 영광!

—아니, 오늘 죽는다면 그 또한 축복!

—주를 위해 목숨을 던지는 영광을 누리리!!

실로 광신적인 전의를 불태우고 있는 것 아닌가!

전의를 불태우고 있는 건 엘프들 뿐만이 아니었다. 엘프들의 공용회선 통신에 경쟁심이라도 느낀 건지, 오크 대장의 목소리가 이어 흘러나왔다.

—이놈들아! 엘프 놈들에게 질 순 없지! 우리가 더 많이 죽어야 되는 거 알고 있지?!

—드워프 놈들이 쓸데없이 장갑차 장갑을 두껍게 만들어서 죽기도 어렵겠소, 대장!

—일부러 죽으려고 들면 자살이랑 뭐가 다르냐! 적당히 활약한 다음 적절한 시점에서 정당하게 죽어야지. 꼼수 쓸 생각마라, 이 새끼야! 어이, 거기! 빨리 죽으려고 장갑판 일부러 빼는 새끼는 내 손에 먼저 죽을 줄 알아라, 이 새끼들아!

설원 엘프들에 비해 전투용 장갑차에 올라탄 오크들은 광신적이라기보단 그냥 미친 것 같았다. 그나마도 저게 '전성기'에 비하면 적당히 생존 본능이 생긴 거라니 테스카는 어이가 없었다. 예전엔 진짜로 일부러 죽을 자리를 찾아다니는 놈들이었다던가.

사실 이진혁은 '이것도 대단하군!' 하고 적당히 넘어간 감이 있었지만, 저 새빨갛게 칠한 오크 전용 전투 장갑차 또한 충분히 강력한 병기였다.

평소에는 차량 형태로 다니며 기관포로 사격을 가하는 용도로 쓰이지만 여차하면 땅에 지지대를 박고 10.5인치 주포로 포격도 할 수 있고 당연하다는 듯이 인간 형태로 변신해 근접전도 소화할 수 있다.

그냥 사격이나 포격만 할 거면 왜 군이 오크들을 태웠겠는 가? 저건 오크용 장갑차였고, 그러니 당연히 근접전을 수행할 수 있어야 했다. 코볼트들이 어이없어하면서도 용케 장갑차에도 변신 기능을 탑재했고, 오크들은 그 기능을 아주 마음에 들어 했다.

물론 공중 전함 [그랑란트]에 비하면 임팩트가 떨어지는 맛이 있는 건 인정할 수밖에 없다. 하지만 장갑차에는 장갑차만의 장점이 있었다. 그건 바로 가성비, 가격 대 성능비였다.

부족한 기술력으로 하늘에 띄우려다 보니 구하기도 힘든 [창천금]이 어쩔 수 없이 들어가는 [그랑란트]에 비해 그냥 적당한 강철로 만든 장갑차는 보다 저렴하고 생산성이 좋아 금방금방 만든다.

저것도 만들다 보니 그냥 많이 만들게 되어 장갑차의 숫자만 어느덧 세 자릿수에 달했다. 만들 당시엔 너무 많이 만든 거 아닌가 생각이 들었지만, 지평선을 뒤덮은 신선들을 보자니 더 만들었어야 된다는 생각이 앞선 생각을 덮어썼다.

생각이 길어지다 보니 좀 탈선한 것 같다, 고 테스카가 느낀 순간 옆에서 들린 목소리가 그녀를 다시 현실로 끌어냈다.

"일개 신도들도 저리 주를 믿고 죽음을 무릅쓰는 모습을 보이는데, 주의 제1권속이자 첫 천사인 테스카 님께서 어찌 적 앞에서 두려워하는 모습을 보이십니까?"

루시피엘라의 말대로, 테스카는 가장 먼저 이진혁에게서 권속으로 인정받은 이이자 동시에 가장 먼저 천사가 된 인물이다. 물론 천사가 된 건 원래 권속이었던 걸 시스템이 자동으로 옮겨놓은 거지만 그렇다고 최초가 아니게 되는 건 아니다.

그럼에도 불구하고 루시피엘라는 원래 테스카를 상대로 평대를 한다. 루시피엘라는 아무래도 테스카를 인정하지 않는 것도 같고 테스카를 상대로 질투하는 것 같기도 했다. 직접 물어본 적은 없지만, 이런 질문을 던지면 싸우자는 것밖에 안되니 입 밖에 낼 수야 없다.

'그냥 내가 참지. 굳이 경어를 써주길 바라는 것도 아니고.'

테스카는 이렇게 생각했고, 이게 길어지다 보니 그냥 일상이 됐다.

그런데 지금의 이 말투는 뭘까? 어울리지도 않은 극경어체라니, 지금 와서 제1권속에 대한 존경심이라도 피어오른 걸까?

'그럴 리 없지. 그냥 도발이지.'

테스카는 그리 생각하면서도, 순순히 그 도발에 걸려들기로 했다. 그녀가 도발하는 이유를 알기 때문이다.

'주를 위하여.'

이진혁을 위하여.

가슴이 뜨거워지는 것 같다. 이진혁에 대해서 생각할 때마다 테스카는 원인 모를 가슴 먹먹함을 느꼈다. 이 감정이 사랑이라고 생각한 적도 있다. 이진혁이 그랑란트를 떠난 후에는 그냥 발정한 것 같다고 판단하고, 특단의 조치로 케이와 결혼까지 했다.

결혼해 보니 알겠다. 지금 자신이 이진혁을 향해 품고 있는 이 감정이 케이를 향한 사랑과는 다름을, 테스카도 이제는 안다.

'질투는 내가 해야지.'

비토리야나와 루시피엘라는 무려 십수 년을 이진혁과 함께 모험했다. 그 사실이 부러워서 미칠 것만 같았다.

마치 배다른 형제에게 아버지를 빼앗긴 아이처럼!

"오오, 주여."

주 아버지시여.

지평선을 가리고 선 저 요선들의 모습이 두렵지 않은 것은 아니다. 테스카는 고작 둘에게 졌으니까. 그것도 케이를 대동하고 말이다. 그러나 그것은 과거의 일이다. 지금은 다르다.

테스카는 아버지의 피와 살을 먹었다. 더 정확히는 술과 고기지만 그게 그거 아닌가. 그리고 테스카는 이진혁에게 한 번 죽고 그의 손에 의해 다시 태어났다. 명확하게 하자면 구덩이에 생매장당했다가 나온 거지만 그게 그거다.

이 모든 게 사랑이었다.

아버지의 내리사랑.

그렇게 힘껏 사랑받았는데, 그 사랑에 보답하는 것은 딸로서 당연한 일 아니겠는가.

"한 번쯤 죽어도 돼."

그분이라면 다시 살려주시겠지. 이미 살아난 경험이 한 번 있지 않은가. 아니, 잘 생각해 보니 한 번이 아니라 두 번이다. 그 악역무도한 브뤼스만의 [지배의 권능]에서 벗어난 것까지 쳐야 하니까. 두 번 일어난 일은 세 번도 일어난다. 역사가 증명한다.

근거 있는 믿음이 테스카의 가슴에서 피어올랐다.

"전군!"

테스카의 몸이 부풀어 올랐다. 큰 곰으로서의 테스카틀리포카의 모습으로 되돌아가는 것이다. 그것을 신호로, 케이의 몸도 부풀어 올랐다. 그녀 또한 케찰코아틀의 모습을 취할 것이다.

그들 부부뿐만이 아니다. 테스카의 지휘에 따라 오크들의 장갑차는 땅에 지지대를 박았으며, [그랑란트]는 포신을 적측으로 돌렸다.

그랬다. 그랑란트 군세의 지휘관은 테스카였다. 제1권속으로서의 지위였다. 아버지가 이 땅을 떠나 계신 동안 십수 년간 이 땅을 지킨 수호자 또한 그녀였다. 그러니 아버지의 모든 아들딸이 그녀의 지휘를 받는 건 당연한 일이었다.

심지어 자신을 상대로 도발을 걸어오고 틱틱대던 루시피엘라와 비토리야나마저도 공격 태세를 취했다. 그녀들이 자신을 존중해서 저러는 게 아님을 그녀는 잘 알았다. 그녀들이 존중하는 건 아버지의 판단이었다. 테스카를 지휘관으로 임명한 이진혁의 판단.

'나는 아버지께 인정받고 있다. 사랑받고 있다.'

그렇게 생각한 순간 가슴 가득 충만함이 끓어오른다. 목숨 한둘이 뭐냐, 이 자리에서 완전히 죽어버려도 여한이 없다. 설령 부활시켜 주지 않더라도 원망의 마음 하나 품지 않으리라.

테스카의 눈에서 광신의 빛이 번뜩였다.

"공격 개시!!"

죽으러 가자!

*   *   *

천계의 그랑란트 정복군 총사령관을 맡은 천신이자 대라신 선인 천련은 솔직히 당황했다.

'아니, 왜 저기 교단 놈들이 있지?'

만신전 놈들이 그랑란트를 향해 군을 움직였다기에, 천계 측에서도 그에 발맞춰 군대를 움직였다. 일부러 만신전보다 한 타이밍 늦게 군을 펼친 건 앞선 공세에서 요선들을 소멸시 킨 것으로 추정되는 그랑란트의 주전력을 만신전 쪽으로 떠넘 기기 위해서였다.

그 대전략이 효과를 정말로 발휘한 건지, 천련으로선 의문 일 수밖에 없었다. 그 이유는 물론 교단 놈들이 여기 군대를 펼치고 있으니까.

'심지어 저거 크루세이더 군단이지.'

과거 세계 최대 세력이자 패권을 차지했던 만신전의 주력부 대를 꺼꾸러뜨리고 현존 세계 최강의 부대임을 입증한 바로 그 크루세이더! 그 위명은 전쟁사에 큰 관심이 없는 천련마저 알고 있을 정도였다.

다른 신선들이야 그랑란트에 자생하는 인류종에 군침을 흘 린다지만, 사실 천선인 천련 입장에서 볼 때 그랑란트는 별로 구미가 당기는 식민지는 아니었다.

태어나면서부터 신선이었던 천련에게 있어 인류종은 그냥 땅에 기어 다니는 개미 같은 거였다. 잡아먹을 수도 없거니와 죽여봤자 네거티브 카르마나 쌓이고, 그렇다고 딱히 자신에게 피해도 주지 않는 존재.

어릴 때나 흥미를 가지고 발로 밟아 죽이거나 팔다리를 분해해 보거나 했지, 지금으로선 아무런 관심이 없는 대상이었다.

그런데 인류종을 얻기 위해 전쟁을 한다니. 사실 천련의 입장에선 이해가 잘 되질 않았다.

솔직하게 말해, 천련은 이번 전쟁에 휘말려 든 거에 불과했다.

지난 패배 때문에 지휘권을 요선에겐 줄 수 없다는 논리로 떠맡은 지휘관직이었다. 사실 받을 때는 좋았다. 감투 싫어하는 천신이 있던가. 더욱이 직속상관인 천원이 직접 씌워준 감투이기도 했다.

아무리 무능한 상관이라지만, 천원은 옥황상제의 조카다. 잘 보여서 나쁠 게 없는 대상이었다. 그래서 천련도 이번에는 한번 열심히 해보자고 다짐했었다. 어울리지도 않게 말이다.

'그런데 왜 하필 상대가 교단이냐고!'

앞서 요선들이 패배한 걸 너무 가볍게 받아들였다. 도술도 선술도 제대로 못 써 요술이나 쓰고 다니는 반푼이들. 그게 천련이 가진 요선에 대한 인식이었으니까.

사실 그건 잘못된 인식이었으나 천련은 자신의 선입견을 수정해야 할 경험을 한 적이 없었으며 그렇기에 그녀의 잘못된 편견은 그대로 유지된 채였다.

그런 탓에 천련은 이번 전투가 그리 어렵지 않으리라 여기고 있었다. 요선들이 패배하긴 했지만 그들은 열등하고 연약한 존재인 데다, 이번엔 천계의 총력을 집중했으니 적어도 질리는 없으리라고 말이다.

그런데 직접 그랑란트에 와보니 교단의 전함, 크루세이더 군단이 기다리고 있다는 이 상황. 도저히 아무 피해 없이 정리할 수는 없을 것 같은 상황이다. 아니, 패배를 걱정해야 할 판이 되었다.

"어쩌지? 어떻게 해야 하지……?"

그랑란트의 땅에 도착하자마자 대공세부터 걸어야겠다는 대전략은 분쇄됐다. 누가 교단의 전함 앞에서 대공세를 걸겠는가? 적어도 천련은 전함 포격에 벌집이 되고픈 생각은 없었다.

다행히 휘하의 참모들도 마찬가지였는지, 호전적인 요선 출신 참모조차 천련을 보채지 않고 입을 다물고 있었다. 애초에 대공세 전략은 그 참모가 제안하고 천련이 받아들이는 형식으로 세워진 것임에도 불구하고 말이다.

그런데 아무도 2안을 제시해 오지를 않았다. 이대로 그냥 기다리고만 있을 수는 없다는 것은 누구나가 동의하리라. 그럼에도 불구하고 뾰족한 대안을 누구도 입에 올리지 않았다.

당연하게도 천련의 눈에 그랑란트의 인류종은 들어오지도 않았다. 저들이 위협적인 적이라는 상상 자체를 할 수가 없었다. 아직도 마음대로 인류종의 팔다리를 뽑아놓던 어린 시절의 기억이 그녀의 머릿속에선 생생하다.

그래서 상황은 더욱 악화되었다.

쿵! 쿵! 쿵!

그랑란트의 토착 인류종들이 끌고 나온 기이한 형태의 장갑차가 땅에다 지지대를 박더니, 일제히 포격을 시작했다. 그리고 교단의 것이 아닌 공중 전함이 앞으로 나오더니 화력을 쏟아붓기 시작하는 게 아닌가?

눈앞에서 대놓고 시작한 공격이었음에도, 그것은 천계의 군세에 있어 기습에 가까운 것이 되었다. 천련은 적 인류종이 먼저 공격을 감행해 올 경우의 수를 상정조차 하지 않았는데, 그 일이 일어났기 때문이다. 당황한 것은 그녀 휘하의 참모들도 마찬가지였다.

"대응! 대응사격! 대응해!!"

그나마 요선 출신의 참모가 간신히 명령을 내렸다. 천련의 재가를 받지 않은 독단적인 판단이었으나 그녀는 도저히 참모를 문책할 수 없었다. 애초에 그럴 상황이 아니었으므로. 사방에 포탄이 떨어져 폭발이 일어나고 탄환이 우박처럼 촘촘히 쏟아지는데 무슨 생각을 하겠는가?

'사거리가 왜 이렇게 길어?'

천련이라고 아무 생각 없이 병력을 세워놓은 게 아니었다. 교단의 전함 사거리에 닿지 않는 안전 범위에 병력을 전개해 놓은 거였다. 그런데 토착 인류종의 병기는 무슨 짓을 한 건지 교단의 함포보다 포탄을 멀리 날려 보내고 있었다.

게다가 포탄과 탄환을 뭘로 어떻게 만들었는지 맞으면 아팠다. 잘못 맞으면 죽을 수도 있겠다 싶었다. 천련은 평범한 물리 공격은 무시해 버릴 수 있는 천선임에도 불구하고 말이다!

이진혁이 [스킬 부여]를 사용해 포탄에 비거리 연장과 위력 강화, 속성 부여 등등을 해놨을 거라고는 미처 생각지 못했다. 사전 정보가 없었으니 당연한 일이었다.

애초에 천련은 이진혁이라는 신의 이름조차 몰랐다. 처음 정보를 얻었던 괴량, 괴월 형제가 자기들끼리만 그 정보를 공유하고 다른 천계의 신선에겐 말하지 않았던 게 화근이라면 화근이었지만, 그 사실 자체를 모르는 천련이 괴량, 괴월 형제를 탓할 수 있을 리 만무했다.

그 탓에 이렇게 공격의 선제권을 내줘 일방적으로 두들겨

맞고 시작하게 되었다.

"후퇴, 아니야! 전진! 전진해라!!"

천련은 너무 당황한 나머지 굴욕적인 명령을 내릴 뻔했지만, 막바지에 간신히 이성을 붙잡았다. 아무리 교단의 크루세이더가 합류했다지만, 벌레 같은 인류종 앞에서 후퇴하는 모습을 보인다는 건 말도 안 되는 일이었다.

더군다나 사거리가 더 긴 적을 상대로 후퇴해 봐야 일방적으로 공격당한다는 포지션은 변하질 않는다. 단순한 자존심만의 문제는 아니었다. 전진해야 한다. 그래야 반격할 수 있고 전투가 성립한다.

"가! 가서 저 개미들을 짓밟고 팔다리를 다 뽑아 와!!"

천련은 발악하듯 외쳤다.

＊　　　　＊　　　　＊

나는 만신전의 선발대와 혈투를 벌였다.

아니, 거짓말이다. 전혀 혈투가 아니었다.

[폭군의 정당한 권리행사]의 스위치를 양으로 돌려 극도 상태이상에 걸린 적들을 일방적으로 공격하고, 그들이 상태이상에서 어느 정도 벗어나는 모습을 보이면 이번에는 스위치를 음으로 돌려 모습을 숨기고 위치를 바꾸거나 날려 보냈던 전

함을 불러와 합체하거나 했다.

이것의 반복이었다. 아무것도 어려울 것이 없었다. 너무 쉬웠다.

물론 한번 극도 상태이상에 걸렸다가 풀려나면 다시 상태이상에 걸릴 확률이 줄어들어 일방적으로 농락하기 어려워지긴 했지만 이게 큰 문제는 아니었다. 이걸 알게 된 후부턴 적을 단번에 처치했으니.

그 후부턴 그냥 지겨운 반복 작업이었다. 차원문을 넘어오는 적의 전함을 부수고, 파괴된 전함에서 빠져나온 적은 [폭군의 대역]으로 처치하고, 공격이 날아오면 스위치를 음으로 돌렸다가 다시 양으로 켜고.

어느새 그랑란트의 궤도권은 적 전함의 파편으로 구성된 우주 데브리로 더러워졌다.

"이놈들, 이걸 누가 치운다고 생각하는 거야? 적당히 저질러야지."

나는 투덜거리면서도 작업에 열중했다. 한참을 그러고 있으려니, 어느 순간부터 만신전 쪽에서 날아오던 공간 이동 반응이 눈에 띄게 줄었다.

이 공역에 공간 이동을 해봤자 공격받을 뿐이라고 판단했으리라. 아예 다른 방향으로 공간 이동 좌표를 잡을지도 모르겠다 싶어, 나는 레이더의 가동 영역을 최대로 넓혔다.

그러나 반응이 없었다. 공간 이동 반응은 확연히 줄어들고 있었고, 이미 반쯤 차원문에 걸쳐 있던 전함들도 후진하기 바빴다.

그 장면을 보고서야 나는 적들의 의향을 알아차렸다.

"도망치는 거냐?"

어차피 목소리가 전달될 일이 없음을 알면서도, 나는 그렇게 묻고 말았다.

분노가 가슴 깊은 곳에서부터 끓어올랐다.

"기껏 침략해 놓고, 불리해 보이니 도망치는 거냐고!?"

그럴 거면 오질 말았어야지!

나는 곧장 앞으로 뻗어 나갔다. 그리고 아직 닫히지 않은 차원문을 잡아 넓혔다. 아마도 만신전의 본진에 연결되어 있을 터인 그 차원문에다 대고, 나는 13문의 [천자총통]을 밀어 넣었다.

"처먹고 뒈져 버려라!"

신멸포좌의 30레벨 스킬, [신멸포]. 오로지 신을 죽이기 위해 태어난 궁극의 포격 스킬이 차원문 너머로 뿜어져 나갔다.

물론 그것은 단순한 [신멸포]가 아니었다. 신멸포좌 직업으로 얻을 수 있는 5레벨, 10레벨, 15레벨, 20레벨의 스킬이 모두 포격 스킬을 강화시키는 패시브 스킬이었기에. 당연히 [신멸포]도 포격 스킬이며 강화의 대상이 된다.

신을 대상으로 포격 피해를 배가하고 광역 폭발을 일으키며 포탄이 신의 위치를 자동적으로 추적하여 회피기동을 무시하고 명중시키는 데다 대상이 죽으면 연이어 다음 타깃을 노리는 패시브 스킬들의 S랭크 옵션이 모조리 발동했다.

이뿐일까, 그동안 쌓아온 포 관련 직업 스킬의 효과도 모조리 더해졌다. 야전 마법포병, 포대 지휘자, 파멸포좌. 3차에 걸쳐 모아온 패시브 스킬들.

당연하다는 듯 연사, 연사에 이은 연사! 한계를 넘긴 지 오래인 행운 수치로 인해 모든 확률적 스킬 효과가 아예 실패 확률이 존재하지 않는 것처럼 발동했다.

─레벨 업!

반가운 시스템 메시지다.

평소라면 레벨 업 그 자체에 기뻤겠지만, 오늘은 조금 다르다. 경험치가 들어왔다는 건 적들 몇쯤은 처치했다는 뜻이다. 그것도 내게 레벨 업을 시켜줄 정도로 경험치를 많이 주는 적이라면 꽤 강력한 상대란 의미니, 어쩌면 상급 신 몇쯤은 처치했을지도 모른다.

─카르마 연산 중……

아니, 실제로 죽였군. 나는 쭉쭉 올라가는 시스템 메시지를 시야 저편으로 밀어버리고 곧장 다음 포격에 들어갔다.

성질 같아선 내가 차원문을 강탈해 저편으로 넘어가고 싶지만 지킬 게 있는 입장에선 자중해야지. 적어도 천계 놈들을 처리하고서 할 생각이다. 그러니 이걸로 참아줄 생각이다.

"[로켓 레프트 펀치]!"

아예 [진홍 혜성] 한 척을 차원문 저편으로 보내 버렸다.

"[전탄발사]!!"

그리고 그 [진홍 혜성]에 달린 모든 포를 발사시켰다.

비록 내가 타고 있지 않은 터라 액티브 스킬을 적용받지는 못하지만, 그래도 교단제 무기를 두 차례나 개선하고 개량한 병기들이다. 결코 위력이 낮지는 않다. [축복]과 [기적]에 [신비]까지 얹어져 이제는 주포급의 위력을 보이는 [천자총통]도 빼놓을 수 없지.

효과도 괜찮았다. 내가 차원문 주변에서 쏴댄 [신멸포]를 피하느라 멀리 달아났던 차원문 너머의 적들을 타격할 수 있었으므로. 물론 [신멸포]를 직격시킨 것보다야 입힐 수 있는 피해가 적긴 했지만, 사거리 문제를 해결할 수단으로써는 유효했다.

아쉬운 점이라면 차원문 너머라 그런지 [금신전선 상유십이]의 효과 범위 바깥으로 체크되어 [전탄발사] 후 얼마 지나지 않아 사라져 버린다는 점이었다. 이것 때문에 [폭군의 대역]을 써서 또 하나의 나를 태워 액티브 스킬까지 쓴다는 계획은 폐기해야 했다.

사실 따지고 보면 차원문 주변에서나마 [전탄발사]라도 해보고 사라진다는 걸 다행스럽게 여겨야 할 판이다. 그랑란트와 만신전의 거리를 생각하면 이것도 꼼수라면 꼼수다.

다행인 점은 하나 더 있다. 차원문 너머로 날아간 [진홍혜성]이 사라져도 내게 별 피해는 없다. 다시 [금신전선 상유십이]를 사용하면 사라졌던 [진홍혜성]도 멀쩡히 다시 나타날 테니까.

어차피 쿨 타임도 이미 돌아온 터였다. 다 12척의 [진홍혜성]을 다 쏴 보낸 후에 재충전시키면 되겠지. 그러니 망설일 것도 없다. 첫 [진홍 혜성]이 사라지자마자, 나는 곧장 다음 [진홍 혜성]을 진입시켰다. 그리고 약속한 것처럼 외쳤다.

"[전탄발사]!"

　　　　　*　　　　　*　　　　　*

　테스카는 생각했다.

　'쉽다.'

　한창 전투 중일 때 할 생각은 아니었다. 그러나 실제로 쉬우니 어쩔 도리가 없었다.

　큰 곰의 모습으로 앞다리를 휘저었더니 오직 그것만으로 요선 서넛이 날아간다. 요선들도 나름 공격을 막아내기 위해 방어 요술 스킬을 동원하고 있지만, 압도적인 물리력은 물리법칙을 무시한다던 스킬의 힘을 물에 젖은 휴지처럼 찢어발겨 없애고 있었다.

　'이렇게 쉽다니.'

　상대가 약한 게 아니다. 저 요선 하나하나가 모두 그렇게나 두려워했던 괴량, 괴월 형제만 한 힘을 지니고 있음을 테스카는 직감적으로 알아챘다.

　즉, 테스카가 강해졌다. 터무니없을 정도로 급격하게.

　"이것이 주 아버지의 축복!!"

　물론 이렇게 강해진 것은 테스카뿐만이 아니다.

　"꺄하하하하하!!"

　날개 달린 뱀의 모습이 된 케이가 긴 웃음을 터뜨리며 적

부대 상공을 가로질렀다. 초고속으로 상공을 질주한 것만으로 적 지상부대가 찢겨 나갔다. 천계 측이라고 비행 능력을 지닌 병종을 준비하지 않은 건 아니지만 한번 빼앗긴 제공권을 좀처럼 되찾아오지 못하고 있었다.

동쪽에서 비토리야나가 마법을 써 적들을 일방적으로 학살하는 모습이 보인다. 그녀가 맡은 상대는 고등 술법으로 이름 높은 천선 부대였는데, 혼자서 가볍게 적들의 스킬을 무효화시키고 자신의 스킬로 적을 도륙해 내고 있었다.

서쪽에서는 루시피엘라가 빛의 검을 휘둘러 적을 풀 베듯 베어내고 있었다. 천계의 검선들이 검술로 유명하다지만 루시피엘라는 적에게 검술을 펼칠 기회조차 주지 않았다. 초월적인 힘과 마력, 그리고 신성 앞에서 검술이라는 개념은 무의미했다.

이진혁의 네 천사가 뒤를 돌아보지 않고 공격에만 골몰할 수 있는 건 인간형으로 변신한 오크 장갑차가 등 뒤를 단단히 받쳐주고 있었기 때문이다. 그들은 날 부분이 빨갛게 달아오른 거대 도끼로 백병전을 펼치고 있었다.

—가라! 죽여라! 죽어라! 죽여라!!

공용 회선을 통해 들리는 오크 지휘관의 악다구니에, 죽고 싶은 건지 죽이고 싶은 건지 하나만 하라고 쏘아붙이고 싶었지만 정답은 둘 다인 걸 알고 있었기 때문에 테스카는 열었던 입을 도로 닫았다.

중과부적을 몸으로 느끼며 후퇴하려는 적에게는 상공에 머문 [그랑란트] 전함의 연사 포가 퍼부어졌다. 적들이 감히 제공권을 되찾으려 시도하지 못하는 것도 저 연사 포 덕이니, 설원 엘프들의 역할이 결코 작다고 할 수가 없었다.

게다가 [그랑란트]의 역할은 그저 적의 퇴로를 차단하는 것에 그치지 않았다.

―노래 불러라! 신을 찬양하라!!

아군 방향으로 조준된 [그랑란트]의 스피커에서 갑자기 노랫소리가 들려오기 시작했다. 전함에 탑승한 호수 세이렌들의 노래였다. 그 노랫소리를 들은 오크들의 몸놀림이 가벼워지고 빨라지기 시작했다.

"[비천의 왈츠]인가……! 하핫!!"

본래 이진혁 소유였던 아군에게 [비행], [가속], [돌격] 특기를 일시적으로 부여하는 마에스트로의 명품 [자동 연주 악보]를 참조해 세이렌 바드들이 편곡한 결과물이 이것이었다.

지나치게 강해져 버린 이진혁 본인에게는 별 의미가 없어진 아이템이었지만, 본래 비행 능력이 없던 오크 전투용 장갑차 탑승병에게 효과가 더해지자 획기적인 효과를 냈다.

당연하게도 빨라진 건 오크들뿐만이 아니었다. 테스카, 케이, 비토리야나, 루시퍼엘라도 약간이나마 더 빨라졌다. 안 그래도 강력한 존재들이 갑자기 더 빠르게 움직이자 천계의 대라신선들조차 상대하기에 속수무책이었다.

그렇게 그랑란트의 병력이 전선의 한 면을 감당하고 있는 동안, 양익을 펼친 교단의 전함과 크루세이더들이 어느새 적의 군세를 포위하며 압박하기 시작했다. 하늘에서 바라보면 거대한 아귀가 입을 쩍 벌리고 적을 집어삼키려 드는 것처럼 보일 것이다.

"이거, 이거……. 죽고 싶어도 죽을 수가 없겠는데?"

죽음을 각오했던 게 뭔가 싶을 정도로 전쟁이 쉽게 풀려가고 있었다.

"이렇게 방심할 때쯤 생각지도 못했던 적의 증원이나 반격이 나오는 게 클리셰인데."

테스카는 그런 소릴 혼잣말로 중얼거렸다.

─테스카! 불길한 소리 좀 하지 마!

그러자마자 케이의 불벼락이 날아들었다. 어이쿠, 공용 회선을 켜놓은 걸 깜박했다. 테스카는 자신의 부주의함에 한탄했다.

"이것들……. 이놈들이……! 보자보자 하니까!!"

그런데 테스카의 혼잣말을 들은 건 아군뿐만이 아닌 듯했다. 적 지휘관으로 보이는 천계의 꽤 높으신 분이 이를 득득 갈며 땅을 박차고 일어서는 모습이 그의 눈에도 보였다. 그 지휘관의 이름은 천련이었으나, 자기소개를 하지도 않았으니 테스카가 그 이름을 알 리 만무했다.

"언제까지 누워 있을 거야! 일어들 나! 얕보이고 있잖은가!!"

천계의 지휘관, 천련이 일갈하자 테스카의 공격에 당해 토막 나 죽었던 요선들이 다시 일어났다. 잘려 나갔던 신체는 다시 돋아나고, 그 잘려 나간 신체에서도 몸이 돋아나 적의 숫자가 오히려 불어났다.

그 불가해한 광경에 테스카가 놀라 외쳤다.

"이럴 수가! 저놈들은 분명 죽었을 텐데!"

테스카는 놀라 외쳤다. 그러자 바로 통신기를 통해 케이의 대꾸가 들려왔다.

─놀랄 거 없어. 주의 말씀대로잖아.

"나도 알아. 그냥 한번 말해보고 싶었어."

케이의 말에 테스카는 흥이 식은 듯 대꾸했다.

천계의 도사들은 죽은 자를 일으켜 세우거나 시체를 조종하는 술법에 능하니, 적을 죽인 후에도 안심하거나 방심하지 말라.

테스카를 비롯한 그랑란트의 면면은 이런 사전 정보를 이미 이진혁을 통해 들어 알고 있었다.

─주께서 말씀하신 대로다!

─오오, 전지하신 주여!!

이진혁이 말한 그 정보의 출처는 잭 제이콥스였지만, 이진혁교의 신도들은 거기까지는 몰랐다. 사실 알려고 하지도 않았고 말이다. 주의 말이니 그냥 믿었다. 그뿐이었다.

그러니 이미 한번 쓰러뜨린 적들의 시체가 일어난다고 해서 사기가 떨어지거나 하는 일은 없었다. 오히려 신의 말씀대로 이뤄졌다며 사기가 올랐다.

"이, 이 광신도 놈들!"

일이 이렇게 되니 당황하는 건 천계의 지휘관인 천련 쪽이었다.

"에에이, 두려워하지 않는다면 두려워하게 만들어주면 그만이지! 얘들아, 쳐라!!"

"2라운드인가? 2라운드라 치지. 덤벼라!!"

천련의 일갈에 테스카가 맞받아 외치고, 그렇게 전투가 재개되었다.

*　　　　*　　　　*

만신전의 왕이 최전선에서 일어난 일을 깨닫는 건 생각보다 늦었다. 그야 그렇다. 고작 몇 분 새에 순식간에 일어난 일이니, 직접 레이더라도 붙잡고 들여다보지 않는 한 바로 알아채기도 힘들다.

더군다나 모든 보고가 만신전의 왕에게 직접, 바로 올라오는 것도 아니다. 상향식 보고 체계로 몇 단계를 거쳐 보고가 올라오니, 왕이 상황을 파악하는 게 늦어질 수밖에 없다.

물론 긴급사태면 왕에게 다이렉트 보고가 올라가는 게 정상이나, 그럼에도 불구하고 이렇게까지 보고가 늦어진 건 만신전의 왕이 평소에 취하는 고압적이고 권위적인 태도 탓이 컸다.

왕에게 직접 보고했다가 왕의 진노를 사거나 일말이라도 책임을 지게 된다면 파면당하는 건 보통이고 파멸당할 수도 있다는 생각에, 부하들은 왕에게 직접 보고하는 대신 상급 부대에 책임을 떠넘기려 애썼다.

그야 그렇다. 예봉을 맡은 지엠의 부대가 괴멸적인 타격을 입었다는 보고를 누가 하고 싶겠는가? 단순한 패배라면 모를까, 그것도 아니다. 이 모든 일은 왕이 에르메스의 입 발린 말에 속아 넘어간 탓에 생긴 일이다. 왕의 책임이다.

그런데 누가 왕에게 책임을 묻는단 말인가?

평소라면 신권을 중시하는 중신들이 그렇게 하겠지만, 지금은 그러지 않았다. 아니, 그럴 수 없었다. 워낙 일이 커졌다. 게다가 그들 또한 에르메스에게 속아 넘어간 건 마찬가지였다. 그들은 반대하지 않았다. 오히려 왕에게 동조하고 그를 부추기기까지 했다.

게다가 중신들 또한 아직 전쟁에 패배했다는 보고를 받지 못했다. 설령 그 보고를 들었다 하더라도 그것이 사실인지 의심할 것이다. 왕의 대전 밖에서는 그 확인 절차가 실제로 이뤄지고 있었다.

앞서 보고를 받은 만신전의 실무진은 이 내용을 진짜 윗선에 전달해도 되는지에 대해서, 적어도 자기 입으로는 절대 보고해서는 안 된다는 판단을 이미 내렸다. 그래서 그들은 때아닌 눈치 싸움 중이었다. 자기자신의 파멸과 만신전이라는 세력의 파멸을 건 눈치 싸움이었다.

그 결과, 만신전의 왕은 아직 만신전이 전쟁에서 패배하고 있음을 모르는 상태였다. 그저 그는 왜 이렇게 시간을 끄는지 의뭉스러워하며, 약간 짜증이 나 있었다.

왕의 인식으로는 반란군 놈들 따위야 몇 분 만에 다 처리하고 지금쯤이면 왕 자신이 그랑란트의 땅을 밟아야 정상이었다.

그래, 그랑란트의 땅.

왕의 가슴을 가득 채우고 있던 짜증이 눈 녹듯 사라졌다. 앞으로 나아갈 신세계, 새로운 낙원을 생각하니 그렇게 되었다. 마음의 여유와 푸근함을 되찾은 왕은 문득 자신의 옆에 둔 에르메스에게 이렇게 말했다.

"에르메스, 네 말이 사실이라면 너는 두 번째로 좋은 땅을 얻고 두 번째로 많은 인류종을 이끌게 될 것이다."

물론 가장 좋은 땅과 가장 많은 인류종을 이끌게 될 것은 왕 본인이었다. 당연한 이야기다.

그러나 이 발언은 결코 가볍지 않았다. 왕이 에르메스를 자신의 대공으로 삼고 독자적인 권력을 주겠다고 공언한 것이나 다름없으니 말이다. 에르메스의 정치적 라이벌이었던 중신들은 웅성거렸으나, 왕의 말에 동조하는 자도 없지는 않았다.

"성은이 망극하여이다, 폐하!"

새로운 권력의 또 다른 한 축이 될 것이 빤한 에르메스에게 줄을 대려는 의도였다. 그러나 에르메스는 황급히 허리를 숙이며 말했다.

"황공하오나 폐하, 제게 너무 과분한 상을 내리신 것 같사옵니다. 통촉하여 주시옵소서."

왕은 에르메스의 그러한 반응을 겸양으로 받아들였다. 그래서 웃으며 말해주었다.

"됐네, 됐어. 새로운 낙원을 찾아낸 것은 그대고, 그 낙원을 독점하려는 역적들의 손에서 벗어나 혼자 만신전에 돌아와 짐에게 낙원의 존재를 알려준 것도 그대다. 그대의 충정은 이미 증명되었다. 한때라도 의심해서 미안했다, 에르메스."

왕의 말을 들은 중신들의 눈이 크게 뜨였다.

왕의 사과는 결코 그 의미가 가볍지 않았다. 왕은 자신이

한 번 사과할 때마다 왕권이 깎여 나간다 여겼고 사실 그건 그리 틀리지 않기도 했으므로.

즉, 왕은 자신의 권위와 권력을 내려놓고 진심의 사과를 건넨 것이라 할 수 있었다.

"성은이 망극하옵니다, 폐하."

그런 왕의 사과를 받았으니, 에르메스로서도 황망한 일이다. 그는 허리를 숙이며 답례했다.

이것은 희극이었다. 이들이 이러고 있는 와중에도 만신전의 선봉은 죽어나가고 있었으며, 차원문의 좌표는 흔들려 공간 이동이 취소되고 전력이 끊겨 먹히고 있었다. 즉, 이들은 패배하고 있는 중임에도 승리했을 경우의 상벌을 미리 논하고 있었다.

만약 제때 보고가 올라왔다면 왕이 이런 희극을 벌이고 있지는 않았을 것이다. 당장 증원을 현지로 파견하든, 아예 후퇴를 하든, 뭐든 수를 썼으리라.

그러나 왕은 몰랐다. 몰랐으므로 아무것도 하지 않았다. 그저 옥좌에 앉아 기다리기만 했다. 크리스마스 선물을 가져다줄 집안 어른이 없음에도 불구하고 아직 산타의 존재를 믿고 있는 어린아이처럼.

Chapter 3

나는 계속해서 포격을 가하면서 차원문 너머로 [진홍 혜성]들을 날렸다. 그렇게 날린 [진홍 혜성]의 외부 카메라를 통해 주변 정보를 모으면서 [전탄발사]로 적 주력 함대를 파괴하고 유지할 수 있는 시간이 지나면 소멸시킨 후, 다음 [진홍 혜성]을 날리길 반복했다.

그러다 보니 어느새 12척의 [진홍 혜성]을 다 날려서, 합체를 안 한 것 같은 상태가 되어버리고 말았다.

때가 됐군.

"[금신전선 상유십이]!"

나는 [기적적으로 축복받은 신비한 3대 삼도수군통제사 대장선 천자총통]의 대표적인 스킬 옵션을 사용했다. 그러자 12척의 [진홍 혜성]이 다시 내 주변에 주르륵 늘어섰다.

"자, 다시 합체해 볼까?"

이 주변에 살아남아 있는 적이 아주 없는 건 아니지만, 합체 시에 무방비가 되는 것도 아니거니와 날 방해하기엔 적들이 너무 약하다. 직감이 내게 알려주고 있다.

채 10초도 안 되는 시간 만에 [진홍 혜성]은 누구의 견제도 받지 않고 안전하게 다시 원래의 모습을 되찾았다. 아니, 이게 원래의 모습은 아닌가. 가장 강력한 상태라고 해둬야겠군.

아, 그러고 보니 합체 성공률이 꽤 낮았던 것 같은데 아무 생각 없이 합체했었네. 성공해서 다행이다. 아무리 행운이 높아도 자주 시도하다 보면 언젠가 실패할지도 모르니 이 결과를 너무 당연하게 받아들여선 안 된다.

—폐하!

그 때, 잭 제이콥스의 통신이 들렸다.

"어, 뭐? 왜?!"

혹시나 해서 얼른 받았더니, 내가 상상 못 했던 대꾸가 돌아왔다.

─천계 병력의 제압을 완료했습니다.

"어, 엥?!"

나는 방어선이 뚫려서 얼른 지원을 해달라는 말을 들을 각 오를 하고 통신을 받았는데, 내용은 내가 상상하던 것과 정반 대였다.

─폐하의 천사들이 말씀해 주신 것 이상으로 강하더군요.

"그, 그래?"

잭 제이콥스의 목소리는 이상하게 흥분되어 있었다. 듣는 입장에서야 아들딸들 칭찬이 기분 나쁠 리는 없지만 그게 워 낙 의외인 일이었던지라 나도 당황하고 말았다.

─폐하 소유의 전함, [그랑란트]라 했던가요? 지원 포격이 상 당히 도움이 되었습니다. 아군이 포격전에서 우위를 얻다 보 니 적들이 별 수 없이 접근전으로 유도당했고, 저희가 모루, 폐하의 천사들이 망치 역할을 해 별 어려움 없이 적을 섬멸했 습니다.

"으, 으음……. 그랬군."

나는 내가 잘못 생각했음을 통감했다.

인류를 믿느니 어쩌느니 했었지만, 결국 나 혼자 다 해야 한다고 무의식중이든 어떻든 그렇게 생각했었던 것 같다.

하지만 그 인류가 해냈다. 나 없이도 적의 공세를 훌륭히 막 아내는 것에 그치지 않고, 적들을 섬멸해 버리기까지 했다니.

내 생각과 크게 다른 결과다.

비록 교단의 크루세이더들이 도움을 줬다고는 하나, 그렇다고 이 전과에 손색이 있을 리 없었다.

"후……. 좋아. 그럼 [그랑란트]를 궤도로 올려 보내. 이쪽 전선의 마무리를 부탁하지."

[그랑란트]의 승무원에게는 살아남은 적의 포획과 우주 데브리의 청소를 맡길 생각이었다.

이 우주 데브리들을 그냥 내버려 뒀다간 그랑란트의 궤도권이 암초지대가 되어버릴 것이다. 우리 세력이 연약한 변경의 세력이라면 그것도 나쁘지 않은 선택일지 모르지만, 이제는 아니니 치워두는 게 맞다.

게다가 이 데브리들이 다 자원이다. 고철이긴 하지만 녹여서 다시 쓸 수 있다. 어쩌면 만신전에서만 쓰이는 자원을 얻을 수 있을지도 모르지.

─폐하께서는?

"적 본진에 쳐들어가 볼까 생각 중이야."

─폐하의 건승을 빌겠습니다.

말리지도 않는구나. 내가 이기리라고 계산한 모양이었다.

"그래."

나는 잭 제이콥스와의 통신을 짧게 끝내고 다시 [레벨 업 마스터]로 전화를 걸었다. 상대는 안젤라였다.

"안젤라, 거긴 괜찮나?"

―아무 문제 없어요. 왜 제가 여기 있는지 모를 정도로요.

나는 안젤라와 키르드를 이진혁 월드타워에 남겨 후방 지원과 만약의 경우를 위한 컨트롤타워로서의 역할을 맡겼다. 하지만 나는 물론이고 지상의 부대들조차 지원을 필요로 하지도 않은 채 전쟁을 끝냈으니, 안젤라가 자기 역할이 없다며 투덜거리는 것도 무리는 아니었다.

"좋은 거지. 다행이라고 여겨야지. 안 그래?"

사실 안젤라를 후방에 남긴 건 그녀의 특성을 감안한 것이기도 했다. 아무리 위험한 상황을 맞이하게 되더라도 그녀의 특성이라면 그녀를 포함한 주요 인사의 안전을 보장해 줄 수 있을 거란 계산이 깔려 있었다.

그리고 안젤라도 그런 자신의 역할에 대해 잘 알고 있었다. 그러니 내 말에 고개를 끄덕이지 않을 수 없다.

―그렇긴 하지만요.

"그리고 이제부터 쉴 수 없을 거야. 너희도 일해야지."

―네?

"나는 차원문을 통해 적 본진에 가볼 생각이다. 혹시 연락이 끊길지도 모르니 너희가 내 대신 컨트롤타워 역할을 잘 수행하라고. 전후 처리 잘하고. 알았지?"

―자, 잠시만요?!

"왜?"

—…아뇨, 제가 걱정할 필요가 없겠죠? 잘 다녀오세요.

어쩐지 풀이 죽어버린 안젤라의 목소리를 듣곤, 나는 큭큭거리며 웃었다.

"그래, 다녀오마."

*　　　　　*　　　　　*

만신전의 왕에게 현실을 알려준 것은 신하로부터의 보고가 아니었다.

그것은 진동이었다.

쿠웅……!

"…뭐지?"

지금 만신전의 왕이 타고 있는 전함, 이터니티는 그 크기부터가 전함이라 부르는 게 사기처럼 느껴질 정도로 거대했다. 약간의 과장을 더하자면 작은 별이라 할 만했다. 작은 별이라 하면 어감은 귀엽지만 실제로는 지구의 위성인 달의 절반 크기라 하면 도저히 귀엽다곤 못한다.

만신전의 총력전이란 말 그대로의 것이어서, 어떤 의미에서는 이민선이라 할 수 있는 이 기함은 만신전의 수도를 그 뱃속에 그대로 품고 있었다. 세력의 가장 크고 중요한 도시를 품고 있으니만큼, 거대함도 거대함이지만 그 방어력은 상상을 초월한다.

외부 장갑으로는 만신전의 특산물이자 중요 전략물자로 지정된, 스킬 효과를 무시하는 동시에 절대 파괴되지 않는다는 것으로 유명한 아틀라시움을 아낌없이 사용했고, 내부 장갑으로는 반대로 스킬 효과를 가장 잘 품어내는 것으로 알려진 티아매튬을 도배한 후 온갖 신들의 스킬과 능력으로 방어력을 높였다.

그렇게 만들어진 이 전함, 이터니티는 유일 교단과의 마지막 전투에서도 작은 상처 하나 없이 공격을 버텨낸 것으로 명성을 얻었다.

과장을 보태지 않고, 만신전이라는 세력이 유지되어 온 것은 이터니티 덕이었다. 이터니티가 아니었다면 모든 신들이 유일 교단의 천사들에 의해 소멸당했을 테니. 오죽하면 이 마지막 전투의 이름이 '이터니티 캠페인'이라 붙였겠는가.

만신전의 모든 신들을 모조리 소멸시킬 것처럼 공세를 퍼부어오던 교단의 크루세이더들도 이 전함 앞에서는 손발 다 들고 짜증과 경외를 담아 불멸함이라 불렀다.

그런데 그 불멸함 이터니티의 가장 중심부인 왕성의 대전이 흔들리다니. 일반적인 상황에서 있을 수 있는 일이 아니었다. 왕의 인식으로는 결코 일어날 수 없는 일이라, 스스로 착각했다고 느낄 정도였다.

쿵……!

그런 왕의, 착각일지도 모른다는 망상을 깨부수기라도 하듯, 진동은 다시 한번 울려 퍼졌다.

"교단!"

만신전의 왕이 히스테릭하게 외쳤다.

"교단이 공격해 왔어!!"

물론 그것은 사실이 아니다. 갑자기 교단이 어디서 튀어나오겠는가?

그러나 이터니티가 건조된 이후 왕성의 대전에 진동이 울려 퍼진 건 유일 교단과의 전쟁 때 이후로 한 번도 없었다. 더군다나 그 전투, 이터니티 캠페인 당시에도 왕은 수십 번, 수백 번의 진동을 목숨의 위협으로 느끼며 버텨야 했다. 당시의 정신적 충격이 되살아난 것이리라.

"고정하십시오, 폐하! 교단이 아닙니다!!"

시립해 있던 환관이 얼른 달려들어 왕을 진정시켰다. 그러나 왕은 진정할 줄을 모르고 거칠게 외쳤다.

"그럼 뭐냐! 뭐란 말이냐!!"

"그, 그건……."

환관이라고 알 턱이 없다. 말문이 막힌 그는 주변을 둘러보다가 중신들을 향해 외쳤다.

"왕께서 하문하시지 않습니까! 대답하시오! 누구든!!"

그러나 대답할 수 있는 자가 없었다. 여기 있는 중신들도 아직 보고를 못 받았기 때문이었다.

당황한 것은 중신들도 마찬가지였다. 살아남아 중신의 자리에 오른 자들은 모조리 공신이었다. 이들 또한 유일 교단과의 전쟁에 참여했으며 이터니티 캠페인의 공포를 공유하고 있었다. 왕만큼은 아니더라도 낯빛이 창백해지는 건 어쩔 수 없는 일이었다.

쿠웅……!

왕의 질문에 대꾸하기라도 하듯 세 번째 진동이 이어졌다.

"으아아아아!"

"폐하, 고정하시옵소서! 폐하!!"

환관조차도 반쯤은 정신이 나갔지만, 왕을 달래야 한다는 생각에 간신히 이성을 붙잡고 있을 따름이었다.

"빨리! 빨리 보고하라고 해! 대체 무슨 일이야!!"

왕의 앞에서 고성을 지르는 건 궁정법도에 어긋나는 행위였으나 상황이 상황이었다. 그 소릴 들은 하인들이 대전 밖으로 뛰어나갔다. 이 또한 무례였으나, 누구도 지적하지 못했다.

쿠웅……!!

진동은 끊이지 않았다. 끊어지기는커녕 점점 커지고 있었다.

보고병 하나가 헐떡이며 왕의 대전에 뛰어왔다.

고작 잡신 병사 나부랭이가 드나들기엔 지나치게 영예로운 공간이었으나, 누구도 그를 도중에 막지 않은 모양이었다. 하기 껄끄러운 보고의 책임을 병사에게 전가시켰다고도 할 수 있는 상황이었지만 보고병 본인은 그런 건 생각지도 못하는 듯 보였다.

"아뢰옵니다! 지금… 적의 공격을 받고 있습니다! 포격을 당하고 있습니다!!"

"누구에게? 적은 누구냐!"

병사의 무례함은 지적할 상황이 아니었다. 왕이 직접 그리 물을 정도였으니 말이다. 병사는 왕의 질문을 받았음을 영광스럽게 여기며 대답했다.

"적은 차원문 너머에서 포격을 퍼붓고 있습니다. 그랑란트 소속으로 사료됩니다!"

"그랑란트? …설마! 반란군 놈들인가!!"

왕은 옥좌의 팔걸이를 주먹으로 내리치며 화를 냈다.

"건방진! 낙원을 독점하려고 거짓을 고하며 연극을 친 것도 괘씸한데, 짐에게 포격까지 가해? 여봐라! 당장 놈들을 잡아들여라!!"

쿠웅……!!

그런 왕의 명령을 비웃기라도 하듯 다시 한번 진동이 울렸다. 이번엔 그냥 단순한 진동으로 끝나지 않았다. 후두둑, 하고 왕성의 천장에서 먼지가 떨어져 내렸다.

헉, 하고 왕이 급히 숨을 들이마셨다. 그제야 그는 현실을 알아차렸다.

고작 중급 신이 이터니티 안에 위치한 왕성을 뒤흔들 정도로 강력한 포격을, 그것도 차원문 너머에서 가할 수 있다고? 말도 안 된다. 아무리 낙원에서 인류종을 신도로 삼아 신앙을 받았다고 한들 시간상 존재의 격을 올릴 만한 여유는 없었으리라.

애초에 존재의 격이 오른다고 포격이 강력해지나? 그렇지는 않을 것이다.

"서, 설마……. 놈들의 배후에 교단이 있는 것인가?"

그것은 현실적인 추측이었고 일정 부분 사실이었다. 이진혁이 교단의 지원을 받긴 했으니 말이다. 그러나 정답과는 거리가 멀었다. 포를 쏴대고 있는 게 만신전의 배신자들이 아니라 이진혁이라는, 핵심적인 부분이 틀려먹었다.

쿠웅……!!

진동은 강렬해졌고, 천장에서 떨어지는 먼지의 양도 많아졌다. 실제로 그렇지는 않을 터이나, 왕은 포격이 '가까워졌다'고 느꼈다.

"크흡……!"

왕은 이를 악물었다.

"누구라도 좋다! 나아가서 배신자들을 처치하고 영웅이 될 자가 있느냐!!"

아무도 나서지 않았다. 대소신료 중 그 누구도, 심지어 무관들마저 말이다. 만신전의 신들이 품고 있는, 교단에 대한 공포는 그렇게 컸다. 지난 전쟁에서 만신전이 잃은 건 세계의 패권 뿐만이 아니었다는 것이 드러나는 순간이기도 했다.

쿠웅!! 후둑후둑…….

이제는 먼지가 떨어지는 것도 아니다. 천장을 올려다 볼 용기가 있는 이는 드물었으나, 실제로 봤다면 천장에 간 균열을 목격할 수 있었으리라.

분노, 수치, 당황, 굴욕 등 온갖 감정으로 얼굴이 시뻘겋게 변한 왕이 다시 소리치려고 하기 전에, 누군가가 나서 낮은 목소리로 말했다.

"폐하. 제가 나아가 싸우도록 허락해 주십시오. 이것은 반란군을 두고 온 제 책임이기도 합니다, 제 허물을 저 스스로 치울 수 있도록 해주십시오."

그렇게 말한 이는 다름 아닌 에르메스였다. 그 말을 들은 왕의 얼굴이 확 폈다.

"오오, 에르메스. 오직 그대만이 믿을 만하다. 부탁하네!"

"알겠습니다, 폐하. 폐하의 적을 섬멸하고 오겠나이다."

그렇게 에르메스는 왕의 기대 어린 시선을 받으며 왕의 대전을 나섰다.

쿵……! 쿵……!

명백히 그 강도와 빈도수가 늘어난 진동이 이제는 심장 뛰는 소리처럼 들렸다.

*   *   *

안젤라와의 통신을 마치고, 나는 합체를 완료한 [진홍 혜성]을 몰고 차원문을 향해 곧장 돌입했다.

잭 제이콥스에게 듣기로 차원문 주변은 단단히 방비하는 것이 기본이고, 이 세계의 그 어떤 세력도 이 기본을 무시하지는 못한다고 한다. 그러나 나는 아무런 방해도 받지 않고 차원문에 발을 들였다. 그야 그렇지. 방해할 만한 적들은 모두 처치했으니까.

이제는 익숙해진 감도 있는 약간의 차원 멀미와 함께, 나는 적들이 연 차원문을 통과했다.

차원문 너머의 광경은 익숙했다. 익숙할 수밖에 없다. 이미 12척의 [진홍 혜성]을 보내 정찰을 완료한 지역이다.

더욱이 차원문 주변의 적들은 이미 [신멸포]와 [전탄발사]로 격살한 지 오래라 주변은 조용했다. 뭐, 우주엔 매질이 없어서 소리가 전달되지 않으니 설령 누가 있더라도 조용하긴 할 테지만 말이다.

주변 공간에 둥실둥실 떠 있는 전함의 잔해와 잡신들의 시체를 몸으로 밀어내며, 나는 우주공간을 나아갔다.

"자, 그럼 적은……. 저쪽인가."

[금신전선 상유십이]의 유효 거리 아슬아슬한 곳에 뭔가 딱 봐도 적들의 주력이 타고 있을 것 같은 거대하고 단단해 보이는 전함이랄까, 차라리 이동용 행성이라 부르는 게 적당해 보이는 목표물이 있었다.

차원문 주변의 적을 섬멸한 후에는 소멸 직전의 마지막 포격을 항상 그 목표물을 향해 쏴왔기 때문에, 위치를 짐작하는 것은 어렵지 않았다.

"찾았다."

이제까지는 감질나게 원거리 포격만, 그것도 시간제한에 걸려서 아슬아슬하게 할 수밖에 없었지만 차원문을 통해 나 자신이 여기까지 온 이상 사정이 달라졌다.

"우선은 호위함부터 해치울까?"

차원문을 통해 들어올 때 [폭군의 정당한 영광—음]을 켜놨기 때문에 적들은 아직 내가 여기 왔음을 모르는 눈치였다.

하지만 곧 들킬 것이다.

왜냐하면 이제부터 공격을 할 테니까.

"가라! 로켓… 시리즈!!"

일일이 입으로 말하는 것도 귀찮다. 나는 [로켓 레프트 펀치]부터 시작해서 [로켓 라이트 숄더]에 이르기까지, 합체했던 12척의 [진홍 혜성]을 모조리 발사했다.

"[대파괴 오케스트라]!"

모든 [진홍 혜성]이 내 지휘하에 놓여 있기에 가능한 파괴의 대합주!

[진홍 혜성]에 탑재된 모든 무장들이 포격을 하면서도 서로를 타격하지는 않은 채 촘촘히 화망을 이뤄가는 그 모습은 차라리 아름답기까지 했다. 그물처럼 뻗어가는 빛의 궤적은 마치 불법 조업을 온 고깃배의 저인망처럼 촘촘히 겹쳐져 회피의 여지없이 모든 적 전함을 타격했다.

폭발이 불꽃놀이처럼 보였다. 아니, 분명 이쪽이 더 화려하다. 그랑란트의 불꽃놀이는 스킬을 쓰는데도 역시 진짜 폭발만은 못했다.

물론 단순히 화려한 폭발이 아니라, 저 폭발의 이면에는 수많은 죽음이 숨겨져 있지만 말이다. 아니, 시스템 메시지가 내게 끊임없이 적을 처치했음을 알리고 있으니 숨겨져 있단 말도 어폐가 있나?

"좋아! 해치웠다!!"

적을 죽였다고 죄책감을 느끼는 것도 이상한 일이다. 앞으로 나아가 돌아오는 12척의 전함을 다시 내 몸에 끼웠다.

이제 남은 건 기함뿐이다.

사실 로켓 시리즈 12연발의 [전탄발사]에는 적 기함도 목표로 지정되어 있었지만, 적의 기함은 꽤나 튼튼한 모양인지 별다른 피해를 입은 것 같지는 않았다.

"그럼 센 걸 한 방 먹여야지!"

사실 이제껏 쏠 기회가 없어서 아쉬웠다. 그냥 한번 써보고 싶다는 이유로 쏠 필요가 없는 병기를 굳이 쓰는 것도 이상해서 말이다. 다시 생각하면 아무 이유 없이 쏴볼 수도 있는 거였지만, 쏠 이유가 생긴 지금은 더 이상 그런 고민을 할 필요가 없다.

"[진홍 혜성] 13척의 출력을 모조리 합치고 내 마력까지 더해서……!"

최대 출력의……!

"[하이퍼 이진혁 빔]!!"

참고로 내가 지은 이름은 아니다. 후루호이가 명명했다. 막 들었을 때는 좀 쪽팔리긴 했지만, 막상 쏠 때가 되고 나니 썩 괜찮은 이름이라는 생각이 든다.

막대한 에너지를 품은 섬광이 적 기함 쪽으로 소리 없이 날아가 꽂혔다. 조금 전의 [대파괴 오케스트라]의 빛무리가 섬세하고 예술적이었다면, [하이퍼 이진혁 빔]이 그리는 궤적은 직선적이고 폭력적이었다.

그럼에도 불구하고 적 기함의 장갑은 꿰뚫리지 않았다. 빔의 위력이 부족한 건가? 그렇다면 더 센 빔을 쏘면 될 뿐이다.

나는 빔에 마력을 조금 더 투자했다. 굳이 상태창을 확인하지 않아도 빠른 속도로 마력이 줄어가는 것이 느껴진다. 대신 내가 투자한 만큼 빔은 더 굵어지고 파괴력은 더 강력해졌다.

"야아아아압!"

마력은 다 써도 상관없다. 대신 신성 쓰면 되니까. 어차피 상대하는 게 신들이니 현지 조달도 가능하고. 그러니 마력은 아낌없이 밀어 넣는다!

"하아아아압!!"

나머지 마력도 남기지 않고 빔의 출력을 강화하는 데 밀어 넣었지만, 그럼에도 불구하고 기함은 파괴되지 않았다.

뭐야, 저거. 불침함이라도 되는 건가?

"아니, 아니군."

나는 씨익 웃었다. 공격이 통하지 않은 게 아니다.

"자, 그럼 확인하러 가볼까? 야압!!"

등 부분의 슬러스터를 모조리 가동시켜 빛의 속도까지 가속한 나는 [하이퍼 이진혁 로봇]의 질량을 그대로 한 점에 집중해 적 기함에 때려 박았다.

"하이퍼 이진혁 킥!"

사실은 스킬도 아닌 그냥 날아 차기다!

그러나 그걸로 충분했다. 적 기함이 [하이퍼 이진혁 빔]을 견뎌내긴 했지만, 그 정도 공격을 받고도 멀쩡할 리는 없었다. 함 전체에 온통 작고 큰 균열이 간 지 오래였으며, 그걸 벌리는 데에는 별다른 스킬조차 필요하지 않았다.

그저 강력한 물리력. 그것으로 충분했다.

쩌어억!

행성처럼 보였던 적 기함이 마치 수박 쪼개지듯 반으로 갈라지며 부드럽고 달콤한 속을 드러냈다. 그 달콤한 속이란 건 물론 기함의 단단한 장갑 안에 숨어 있던 신들을 가리킨다.

"하하하하!"

나는 통쾌하게 웃었다. 아, 그리고 보니 이 웃음소리도 적들에겐 들리지 않겠군.

"이제 못 도망간다! 나와서 싸워라!!"

나는 정신파를 이용해 적들을 향해 소리 질렀다. 우주엔 매질이 없다지만 상관없지. 소리가 아니니까. 설령 귀를 막아도 들릴 것이다!

—으아아아악!

―뭐야?! 무슨…….

―살려, 살려줘!! 교단이다! 교단 놈들이다!!

―엄마, 엄마아!!

내가 정신파를 통해 외쳤듯, 상대의 의지도 정신파를 통해 들렸다. 이걸 의지라 해야 할지는 좀 의문이지만 말이다.

마지막으로 엄마를 찾아댄 목소리는 굵직한 사내의 목소리였음을 내 명예를 위해 고백해 둔다. 이걸 듣는 경험은 솔직히 말해 그다지 유쾌하다고 할 수는 없었다.

―누구시오! 누구시기에 우릴 이렇게 핍박하시오?!

비명과 울음소리에 섞여 몇 안 되는 알아들을 수 있는 대답이 돌아왔다. 아니, 이거 하난가. 어쨌든 물어봤으니 대답해야지.

"나는 그랑란트의 이진혁이다! 너희가 침략한 세계의 주인이다!"

―이, 이진혁? 그랑란트?

―교단이 아니라? …이진혁은 또 누구야?

웅성거리는 정신파. 모르는 척하는 게 아니라 진짜 모르는 모양이다. 괜히 자존심 상하는데?

"너희가 보낸 침략군은 이미 전멸했다! 나는 너희가 연 차원문을 통해 여기로 왔다!"

내 말을 들은 적들의 동요가 정신파로 전해져 왔다. 뭐야,

왜 이렇게 의외로 받아들이지?

―그, 그럴 리가!

―그런 보고는 받지 못했는데!!

아니, 보고를 받지 못했다고? 이건 또 무슨 소리지?

한때는 이 세계의 패권을 걸고 교단과 건곤일척의 싸움을 벌였다는 놈들이 보고 체계조차 제대로 세워놓지 못하다니, 쉬이 믿을 수 있는 일은 아니다.

―에르메스! 에르메스가 적을 막으러 나갔는데……!

―에르메스는 무엇을 하고 있는 거냐!

에르메스? 들어본 이름이다. 아, 말도 안 되는 거짓말로 만신전을 선동한 그놈 이름이로군. 잭 제이콥스가 그놈의 배후에 마구니 동맹이 있을 거라 의심하고 있었지.

나는 이들에게 에르메스를 넘겨달라고 주문해 볼까 생각했지만 곧 그만두었다. 이놈들이 하는 말만 들어봐도 에르메스의 행방을 모른다.

바깥에 쌓여 있는 시체들 중에 에르메스가 있을지도 모르지만, 정황상 눈치 빠르게 먼저 빠져나가서 도망간 거겠지.

"바깥의 병력은 전멸했다. 내가 전멸시켰다!"

그래서 나는 이들에게 그냥 있는 그대로의 현실을 알려주기로 했다.

―거짓말이다! 교단도 아닌, …네놈은 누구냐!!

이놈들, 여전히 하는 소리가 두서가 없다. 할 말 못 할 말 안 가리고 막 뱉는 경향도 있고. 정신파라 그런가?

물론 이런저런 걸 따져가며 상대의 상황을 이해해 줘야 할 이유가 내겐 전혀 없다. 이쪽은 침략당했고, 상대는 침략자다. 그리고 침략자들은 침략에 실패했다. 그렇다면 응분의 대가를 치러야 한다.

"이제 와서 싸움을 걸었다는 걸 부정해 봐야 소용없다! 싸움을 걸었으면 처맞을 각오도 하셨어야지!!"

나는 [진홍 혜성]의 모든 포문을 열고 외쳤다.

"그럼 이제 응분의 대가를 받아라! 처맞아라!"

─항보오오옥!!

누군가가 외쳤다. 공포와 패닉, 그리고 뜻밖에도 지긋지긋함이 뒤섞인 기묘한 외침이었다.

─폐하!

─폐하!!

다른 이들이 놀라 외치는 정신파가 들린다. 아무래도 항복을 외친 게 저들의 왕인가 보다.

─항복하겠소! 이런 건 이제……. 항복하겠으니 그만두시오!!

흠, 적들의 항복을 받았군. 나는 고개를 끄덕였다.

"항복을 받고 말고는 내가 정한다! 일단 한 방 처먹어라!!"

나는 왕의 정신파가 들린 방향을 향해 주먹을 날렸다. 그곳은 궁전이었다. 아니, 군사시설이 있는 걸 보니 왕성인가?

어느 쪽이건 상관없었다. 적어도 왕이 거하는 크고 화려한 건물이니 저곳에 무고한 민간인은 거의 없을 터였다. 사실 애초에 총력전을 걸어온 시점에서 무고한 민간인이란 건 존재하지 않지만 말이다.

쾅!

[붉은 혜성]의 주먹이 왕성을 부수고 안으로 파고 들어가 그 딱 전함만 한 주먹으로 왕의 대전처럼 보이는 곳을 때렸다. 내 999+의 솜씨가 방향 조절을 절묘하게 해 가장 화려하고 높은 자리에 있는 자를 향해 정통으로 펀치를 날렸다.

—그, ㄲ아아아아악!!

주먹이 닿기도 전에 왕의 육체는 이미 소멸되어 있었다. 비눗방울이라도 터지듯 소리 없이 사라져 버렸다.

그러나 상대는 만신전의 왕이자 불멸자. 육체가 소멸한다고 죽지 않는다. 신격으로서의 존재를 유지하고 있다. 이 상태로는 일반적인 공격이 통하지 않아, 보통 마법이나 초능력 계열의 스킬이 필요하다는 설명이 붙는다.

그러나 일정 한계를 넘어선 위력의 물리 공격은 그런 걸 따지지 않는다.

—ㄲ어어어어억!!

통한다!

주먹에 정통으로 얻어맞은 왕의 신성이 급격히 줄어드는 것이 느껴졌다. 육신이 사라진 존재를 지탱하고 있는 건 신격으로서의 신성이다. 그러니 저 상태에서 유효한 공격을 맞으면 신성이 줄어드는 것이고.

이대로 끝까지 때려 패면 신성을 다 쓰고 존재 자체가 소멸하는 꼴도 볼 수 있으리라. 하지만 나는 힘 조절을 했다. 여유를 남겼다.

그렇기에 왕은 완전히 소멸하지 않고 신격으로서의 존재째로 왕성 뒷벽에 처박힐 수 있었다.

―꾸르륵!

이상한 소릴 내면서 말이다.

"…흠. 이제야 분이 좀 풀리는군."

뒷벽에 움푹 들어간 왕의 모습을 보고서야, 나는 스트레스가 좀 풀리는 걸 느꼈다.

―폐하!

―폐하!!

중신들이 놀라 자신들의 왕에게 날아가는 모습이 보였다. 사실 그들에게는 주먹이 스치지도 않았고 그저 여파만 얻어맞았음에도 모두 육신을 잃은 것은 물론 존재에 타격을 입어 신성을 상당량 잃은 상태였다.

—크럭, 크흐흑……. 이, 이제……. 항복을 받아주, 시겠소?

그럼에도 불구하고 아직도 반공대를 하는 걸 보니 아무래도 마음의 여유가 남아 있나 보다. 그렇다면 그 여유도 없애줘야겠지.

나는 만신전의 왕을 내려다보며 씨익 웃었다. [진홍 혜성]에 탑승한 상태인 내 표정이 그들에게 보일 리 없지만 상관없었다. 아마 (웃음)이라는 정신파가 그들에게 날아갔을 테니까.

"아니, 한 대만 더 맞아라."

이게 내가 내린 판단이었다.

＊　　　　＊　　　　＊

"제발… 제발 살려주십시오."

만신전의 왕은 똑같은 일격을 한 대 더 맞으면 자기가 소멸해 버릴 수도 있겠다는 걸 잘 아는 모양인지, 내 말을 듣자마자 처박혀 있던 벽에서 굴러떨어져 그대로 무릎을 꿇고 내게 빌었다. 물론 더 이상 건방진 하오체 따위를 쓰지도 않았다.

"그래, 그래야지. 이제야 좀 항복받은 거 같네."

사실 실제로 때릴 생각은 없었다. 그냥 위협만 할 생각이었다. 여기서 만신전의 왕을 소멸시키고 다른 만신전의 신들을 멸살한 후 잔당들의 게릴라전과 테러까지 감당하긴 뭐 불가능하진 않지만 상당히 귀찮은 일일 테니까.

게다가 아직 내게는 적들이 남아 있었다. 대놓고 기습 전쟁을 걸어온 천계와 아마도 이 사태의 뒤에 실을 드리우고 있을 마구니 동맹 같은 세력들 말이다. 여유를 부리는 것처럼 보일 테지만, 나도 만신전을 빨리 해치우고 돌아가 봐야 하는 입장이다.

아마 상대도 그걸 알 것이다. 내가 그냥 위협만 하고 실제 행동으로 옮기진 않으리란 걸 말이다. 단지 그 위협이란 게 현실이 되면 자기가 소멸해 버린다는 위기감 때문에 저러는 걸 테지.

"저항하지 마라. 저항하면 항전한다고 알겠다."

[폭군의 정당한 권리 행사—폭군의 지배—양]

광역 지배 스킬이 왕성 안을 채웠다. 광역 스킬이라 효과가 좀 떨어져서 상급 신쯤 되면 어쩌면 저항도 할 수 있겠지만 해놓은 말이 있어선지 아무도 저항하지 않았다.

됐다. 이걸로 만신전은, 적어도 왕성의 지배계층은 내 괴뢰다.

"항복 잘 받았다. 군대를 끌고 철수하도록. 전쟁배상금은 나중에 청구하도록 하지. 무조건 항복이니만큼 각오해 두라고."

"예……. 주인님……."

만신전의 왕이 고개를 조아리는 모습을 확인하다가, 나는 문득 왕의 머리 위를 보았다. 번쩍이는 후광. 저 후광은 그의 격과 신성으로 말미암은 것이 아니다.

나는 만신전의 왕의 머리를 향해 손을 뻗었다.

[만신의 왕의 후광]
─분류: 성물
─등급: 만신의 왕
─내구도: 무제한/파괴 불가
─옵션: 위엄 +100, 신성 +255, [헤일로]
─[헤일로]: 활성화 시 소모된 신성 회복 속도 +255%

그랬다. 이 후광은 아이템이었다. 내가 지금 쓰고 있는 [진은제 헤일로]처럼 말이다.

[진은제 헤일로]는 어디까지나 양산품이다. 공장에서 뚝딱뚝딱 만들어냈다는 뜻이 아니라 유일무이한 아이템이 아니라는 뜻이다. 그렇다고 아무나 구할 수 있는 흔한 물건은 아니지만, 반대로 자격만 갖춘다면 여러 개를 사모으는 것도 결코 불가능하지 않다.

게다가 천사용이다. 천사가 아니라도 쓸 수는 있지만, 천사들이 주로 쓰는 아이템이라는 의미에서. 신에게 걸맞은 물건은 아니라고 할 수 있었다.

그러나 이 전리품, [만신의 왕의 후광]는 유일무이한 유니크 아이템인 동시에 신이 사용하는 물건이다. 그것도 보통 신이 아니라 신들의 왕이 쓰는 물건이다. [진은제 혜일로]와는 비교를 불허할 정도의 성능을 지니고 있다.

문제는 이 아이템에 사용 제한이 걸려 있다는 점이었다.

—사용 제한: 만신전의 왕

"만신전의 왕 한정 아이템이라."

내가 만신전의 왕을 굴복시키고 지배했음에도 아이템 착용 제한이 해제되질 않는 걸 보니, 아무래도 적법한 절차를 거쳐 왕위를 손에 넣을 필요가 있을 것 같았다. 그건 상상만 해도 귀찮은 일일 것 같았다.

"흐음……."

다른 방법 없을까?

"음?"

갑자기 번뜩 떠오른 어떤 아이디어에, 나는 다소 충동적으로 [만신의 왕의 후광]에 [궁극 이진혁]으로 만들어낸 [이진혁의 빛]을 쬐었다. [기적]과 [축복]과 [신비]를 담아서.

그러자 아이템에 변화가 일어나기 시작했다.

[이진혁의 위광]

 —분류: 성물

 —등급: 이진혁

 —내구도: 무제한/파괴 불가

 —옵션: 위엄 +255, 신성 +999, [헤일로]

 —[헤일로]: 활성화 시 소모된 신성 회복 속도 +999%

"오!"

다른 아이템처럼 그냥 접두어가 붙는 게 아니라 아예 그 모습이 달라졌다. 옵션이 더 좋아지고, 사용 제한도 해제되었다.

그런데 이진혁 등급은 또 뭐야…… 시스템의 농간인가? 어쨌든 만신의 왕급보다 이진혁급이 더 좋은 거겠지? 당장 옵션으로 붙은 위엄과 신성 능력치의 상승량이 2.5배 넘게 불어났으니.

대신이라고 하기엔 뭐하지만, 새로운 사용 제한이 붙었다.

 —사용 제한: 이진혁

"그냥 아무 생각 없이 빌렸던 건데, 이래서야 돌려줄 수 없게 됐군. 어쩔 수 없지. 이건 배상금의 일부로 받아두도록 하겠다."

나는 뻔뻔하게 마음에도 없는 말을 했다. 미안해 할 일은 아니다. 오히려 당연한 일이다. 이것들은 내 백성을 약탈하러 시도했다가 실패했다. 그렇다면 반격당하고 약탈당할 각오도 했어야 한다.

이런 게 싫었으면 침략을 하지 말았어야지!

"알겠… 습니다……."

만신전의 왕도 그저 고개를 조아릴 뿐이었다. 기특하다, 기특해.

"자, 그럼 내가 다시 돌아올 때까지 얌전히 있으라고!"

전리품을 챙겨 든 나는 [진홍 혜성]을 몰아 만신전의 기함을 뒤로했다.

만약 만신전의 군사력이 쌩쌩했다면 이렇게 쿨하게 그냥 두고 못 간다. 왕성에 생긴 변고를 깨닫고 군대가 반란을 일으켜 만신전을 장악할 수도 있고, 그 반란군이 그랑란트에 해를 입힐 수도 있으니까.

그러나 만신전의 군대는 내가 보이는 대로 때려 부쉈으니 남은 건 후방 지원부대 정도일 터였다. 저 정도라면 설령 무슨 일이 생기더라도, 최악의 경우라도 그랑란트의 백성들이 나 없이도 해결할 수 있으리라. 천계의 군대를 쓰러뜨린 내 백성들은 충분히 믿을 만하다.

다른 세력에 얽힌 일들을 다 처리하고 나면 여기로 돌아와 전쟁배상금을 챙겨야지. 물론 그 전쟁배상금은 황금으로 지불되지는 않을 것이다. 값은 신성으로 치러야 할 거다. 황금과는 비견조차 되지 않을 정도로 값진, 신에게 가장 중요한 것이기도 한 신성으로 말이다.

*   *   *

아직 열려 있던 채인 그랑란트행 차원문을 통해 그랑란트 궤도권으로 돌아온 나는 전함 [그랑란트]가 만신전들의 군대가 남긴 시체를 싹 수집하고 살아남은 신들을 포로로 잡는 광경을 목격했다.

사실 하급 신 이상의 불멸자들에게 있어 시체는 껍데기에 지나지 않고 본체는 만신전으로 돌아갔을 테지만, 그래도 신들의 시체는 훌륭한 전리품이다. 저래 보여도 정규군이라 장비도 좋은 걸 쓰고 있고. …신들의 시체에도 착취가 통하는지는 나중에 실험해 봐야겠지.

내가 돌아온 것을 본 건지, [그랑란트] 측에서 곧바로 통신이 들어왔다.

—주여! 무사하신 것을 보니 기쁘기 한량없나이다!

설원 엘프 엘르히였다.

"그래. 수고하는군. 계속 수고해 줘."

—아아앗, 주께서 직접 치하해 주심에 영광되기 이를 데 없나이다!!

남자 신음 소리는 별로 듣고 싶지 않았는데. 아무리 엘르히가 일반적인 인간 여성 이상으로 아름다운 엘프라지만 남자라는 점에서 변함은 없다. 하긴 뭐, 지금의 내 입장에선 여자 신음이라고 크게 다를 바는 없지.

나는 혀를 차며 통신을 끊었다. 딱히 내 지시가 필요할 것 같지는 않았다. 오히려 내 존재가 작업에는 방해되는 것 같았다. [진홍혜성]의 모습을 보고 작업자들이 작업을 멈추고 만세를 부르거나 기뻐하는 모습을 보니 말이다.

나는 [하이퍼 이진혁 모드]로 변신해 그들에게 손을 몇 번 흔들어주고는 바로 그랑란트 대기권으로의 강하를 시작했다. 자동제어장치가 알아서 다 해주므로 내가 딱히 뭔가 조작하거나 해야 할 일은 없었다. 새삼 후루호이를 비롯한 그랑란트 기술진의 기술 복제 능력에 감탄하게 된다.

"흠."

따로 할 일이 없다 보니 자연히 생각에 잠기게 된다.

이걸로 만신전과의 전쟁은 끝났다. 이제 남은 적은 천계와… 이 사태에 마구니들이 개입했는지 어떤지는 모르지만 어쨌든 마구니 동맹이다.

그건 그렇다 치고, 가장 강적이라 여겼던 만신전과의 전쟁이었는데 말이다.

"시시하군."

나는 나도 모르게 그렇게 중얼거리고 있었다.

아니, 정말로 시시했다. 내 직감이 알려준 위기감은 대체 뭔지 싶을 정도로 시시했다.

되새김질해 보니 위기감이 사라진 시점이 [진홍 혜성]을 완성한 시점인 것 같았다. 그 전에도 포로들을 싹 착취할 때, 그 착취한 스킬과 스킬 포인트로 [궁극 이진혁]을 완성했을 때, 그 외에도 시간이 조금씩 지날 때마다 위기감이 깎여 나가긴 했다.

당시의 나는 그게 내가 준비를 잘하고 있다는 시그널로 받아들였고, 안심하기는커녕 전쟁 준비에 더 박차를 가하긴 했었다.

아무리 그래도 그렇지, 이렇게 시시하게 끝나다니.

"레벨 업도 못 했잖아?"

그러고 보니 그랬다. 뭔가 허전하다 싶더니만, 레벨 업을 못했다.

나는 시스템 로그를 쭉 올려 만신전의 신들이 준 경험치를 확인해 보았다.

"그래도 명색이 만신전의 왕인데. 경험치를 이거밖에 안 주나."

만신전의 왕이 준 경험치를 확인하며 나는 투덜거렸다.

만신전의 왕의 육체를 소멸시켰을 때 한 번 죽인 걸로 체크 되어 경험치가 들어오긴 했다. 그러나 그 경험치가 막대한 양은 아니었다. 같은 시점에 다른 상급 신인 왕성의 중신들도 죽 였음에도 불구하고 레벨 업은 못 했다.

만약 미리 레벨 업을 해뒀다면 정말로 경험치조차 얻지 못 했을지도 모른다.

"[레벨 업 쿠폰]을 미리 찢었다간 레벨 업도 못 할 뻔했겠 어."

그렇게 한참을 혼자 투덜거리다가, 나는 문득 영문 모를 서 늘함을 느꼈다.

"에이, 아닐 거야."

뭔가 뭉글뭉글하고 어떤 불안이 떠올라 구체적인 생각으로 뭉쳐지기 전에, 나는 그 불안을 부정해 버리고 구체화되려는 생각을 흩어버렸다.

아닐 거다.

그저 이게 지금 할 수 있는 생각의 전부였다.

　　　*　　　　*　　　　*

　이진혁 월드 타워 최상층의 내 집무실로 복귀해서 나는 밀린 보고를 들었다. 주로 천계와의 전쟁에 대한 보고 및 그 전후 처리에 대한 보고였다.

　전쟁에서 큰 공을 세운 이들을 치하하고 [레벨 업 티켓]을 비롯한 포상을 내리는 등의 공적인 업무를 어느 정도 마친 후에 나는 잭 제이콥스를 찾아 넌지시 물어보았다.

　"잭 제이콥스. 만신전의 왕은 얼마나 강한 거지?"

　"만신전의 왕 말씀이십니까?"

　내 질문에 잭 제이콥스는 얼굴을 굳혔다.

　"대단히 강하지요. 세계 최강자 중 한 명이라 해도 과언이 아닙니다."

　"…그래?"

　아무래도 내 불안이 현실화되어 가는 것 같았다.

　"1 : 1로 붙어서 만신전의 왕을 쓰러뜨릴 수 있는 자는 거의 없다고 봐도 무방합니다. 적어도 그가 왕이 된 후 역사상 단 한 번도 나타나지 않았죠."

　아니, 현실화됐다.

　내 절망을 아는지 모르는지, 잭 제이콥스는 옛 전설을 입에 올리듯 이야기를 시작했다.

"그래서 교단이 만신전과의 전쟁을 치를 때는 만신전의 왕이 나타났을 때를 대비해 그를 포위할 최강의 부대를 항상 예비해 뒀었습니다. 전쟁 후반기에는 부대 단위로 그를 포위하지 않으면 답이 없다는 것을 이미 학습했었으니까요."

이 때문에 만신전과의 전면전에서는 교단이 항상 최선을 다할 수 없었고, 전쟁은 질질 끌렸다고도 그는 언급했다.

"더욱이 그는 최상급 신이라 죽여도 죽지 않는 불사성을 갖췄죠. 이것도 두려운 점이지만……. 애초에 아직 누구도 그를 단 한 번이라도 죽인 적이 없다고 알려져 있습니다."

상급 신을 초월하는 그 위의 최상급 신인가.

"그렇게 강한데도 결코 방심하지 않는다는 방증이겠죠. 그래서 단 한 번도 죽지 않았다 알려진 걸 테고요."

불리한 전장에 잘 나타나지 않았다고, 즉 겁쟁이라고 말하면 될 텐데. 잭 제이콥스는 굳이 만신전의 왕을 띄워주는 식으로 말했다.

"이미 드린 말씀으로 예상하실 수 있으셨겠지만, 교단 또한 그를 죽일 수는 없어서 결국 휴전과 불가침조약으로 전쟁을 마칠 수밖에 없었습니다. 그 만신전의 왕 때문에라도 폐하께 만신전을 상대로 하실 땐 유의해야 한다고 말씀드린 겁니다만……. 왜 그러십니까, 폐하?"

그렇게 내 표정이 안 좋았나? 잭 제이콥스가 깜짝 놀라며 물었다.

"어, 아냐. 아무것도. 괜찮아."

"그러시군요. 다행입니다. 어쨌든 그런 만신전의 왕을 상대로 승리를 거두셨으니, 이제 폐하께서는 그 누구도 부정할 수 없는 세계 최강자의 반열에 오르셨다고 해도 결코 과언이 아닙니다. 역시 대단하십니다, 폐하!"

잭 제이콥스는 박수를 짝짝짝짝 치면서 이야기를 마무리했다. 왜 이렇게 만신전의 왕을 띄우나 했더니만 최종적으로는 날 띄우기 위한 복선이었던 모양이다.

하지만 잭 제이콥스의 그런 치밀한 빌드 업에도 나는 웃을 수 없었다.

"아······."

내가 어렴풋이 품고 있던 불안이 완전히 현실화되었음을 깨달은 탓이었다.

Chapter 4

그래, 인정하자.

나는 세계의 최강자 중 한 명이라 알려진 만신전의 왕을 시시하리만큼 쉽게 제압했다.

이게 뜻하는 바는 절망적일 정도로 심플했다.

이제 내겐 더 이상 레벨 업이 필요 없다.

아니, 이보다도 절망적이다.

레벨 업을 하려고 해도 잡을 상대가 없다.

물론 레벨 업 자체는 가능하다. 적들을 사로잡고 착취해 [레벨 업 쿠폰]을 발행하고 거기에 [축복], [기적], [신비]를 건 다음 사용하면 된다.

하지만 내가 원하는 레벨 업은 그것이 아니다. 나는 그냥 방구석에서 혼자 앉아 묵묵히 쿠폰 찢는 걸 즐기는 변태가 아니다. 그건 그냥 단순 작업이잖아.

강적을 쓰러뜨리고 경험치를 얻어 레벨 업을 하는 것만이 내게 온전한 달성감을 가져다준다. 덤으로 레벨 업을 통해 내가 이만큼 강해졌다는 실감 또한 빼놓을 수 없지. 어쩌면 후자의 비중이 더 높을지도 모르겠군.

그런데 그게 끝났다.

더 이상 쓰러뜨릴 강자가 없다. 싸워서 이길 강자가, 내게 보람을 가져다줄 대상이 없다.

"그럴 수가."

나는 멍하니 중얼거렸다.

"그럼 나는 삶의 낙을 어디서 찾지?"

의문을 입 밖에 내고 보니 섬뜩했다.

절망과 상실감이 나를 잠식했다.

나는 다른 삶의 방식을 모른다. 수백 년이란 세월을 이 방식대로 살아왔다.

아, 아니다. 지구에선 아니지. 아직 플레이어가 되기 전, 불과 백 년조차 되지 않은 짧은 세월 동안은 레벨 업을 하지 않았다. 정확히는 상태창을 얻지 못했으니 레벨 업도 못 한 거지.

사실 지구에서는 오로지 살아남기 위해 발버둥 치는 것이 전부였다. 돈도 없고 백도 없고 별다른 재능도 없는 일반인은 다른 생각을 할 필요가 없었다.

이제 와서 다시 생각해 보면, 그 시절 그때도 레벨 업을 하기 위해 발버둥 친 것인지도 모른다. 이력서의 한 줄, 스펙이라는 이름의 레벨을 올리기 위해 말이다. 어느 순간부터는 그게 불가능해졌기에 튜토리얼에 그렇게 목숨을 걸었던 거고 말이다.

그렇게 생각하면 지구에서의 생애조차 레벨 업만을 위해 악착같이 살아온 셈이 된다.

플레이어가 된 이후부턴 그게 더 명확해졌다. 튜토리얼 세계에서부터 나는 레벨 업 하는 재미로 살아왔다. 그 세계에 혼자 남겨진 후엔 남은 쾌락이라곤 오로지 레벨 업뿐이었기에 그랬을 수도 있다.

어쩌면 무한히 같은 것이 반복될 뿐인 닫힌 세계에서 혼자 남았던 내가 미쳐 버리지 않고 스스로 목숨도 끊지 않고 계속 움직일 수 있던 건, 살아 숨 쉴 수 있던 건 레벨 업 덕일지도 모른다.

아니, 레벨 업 덕이다!

그때 이미 나는 내 삶의 방식이자 목적을 레벨 업이라 단정 지었을 것이다. 스스로 그렇게 생각하지 않았을 뿐, 사고방식은 이미 그랬다.

애초에 튜토리얼 세계에서 빠져나온 것도 더 이상 레벨 업할 방법을 찾지 못해서였다. 그 전까지는, 00레벨이라는 이상한 레벨에 이르기 전까지는 튜토리얼 세계를 벗어날 생각조차 하지 않았다.

어쩌면 나는 바깥 세계에서는 레벨 업을 못 하게 될 걸 불안히 여겨 바깥에 나오지 않았던 건지도 모른다. 다행히 그건 노파심에 지나지 않았지만 말이다.

그런데 지금, 그 노파심에 지나지 않았던 막연한 불안이 현실이 되었다.

"아……."

이게 내 탓인가? 아니다. 그럼 내가 일부러 천천히 강해지리? 내가 일부러 약해질까?

…사실 이미 그 방법을 쓰기는 했다. 나는 일부러 인벤토리에 남아 있는 [레벨 업 쿠폰]을 쓰지 않았으니까. 쉽게 강해질 방법이 있는데, 고의적으로 그 방법을 쓰지 않았다.

이것도 변명하려면 변명할 수 있다. 중요할 때 쿠폰을 써서 레벨 업으로 얻는 생명력과 체력, 마력의 회복으로 불리한 상황을 역전하려고 일부러 남겨둔 거라고. 스스로 변명이라고 생각하는 시점에서 이미 변명 이외의 아무것도 아니지만 말이다.

그런데 그조차 헛된 몸부림에 지나지 않았다는 게 드러났다. 드러나고야 말았다.

"…이제 남은 건 내 레벨을 스스로 떨어뜨리는 것뿐인가?"

[쿠폰 발행인] 특성으로 내 레벨을 쿠폰으로 발행하면 내 스스로 레벨을 낮추는 것이 가능하다. 그래, 방법은 있다.

그런데 그 행동에 무슨 의미가 있을까? 그냥 같은 일을 반복할 뿐인 게 아닌가?

아무 의미도 없다!

나는 레벨 업을 좋아하는 것만큼 레벨 다운을 싫어한다. 당연한 거 아닌가? 플러스 마이너스는 제로일 뿐이다. 어쩌면 더 마이너스일 수도 있고 말이다. 적어도 마이너스하지 않은 만큼 플러스가 되진 않는다.

"으아아아아!"

나는 혼자 소릴 질렀다. 앞뒤가 꽉 막혔다. 도망갈 곳이 없다.

튜토리얼 세계에선 튜토리얼 세계 바깥으로 나갈 수라도 있었지만 이 바깥 세계에서는 그러지도 못한다. 여기서 또 어딜 간단 말인가?

"아니지."

순간, 어떤 생각이 떠올랐다. 반짝였다. 번뜩였다.

튜토리얼 세계는 좁은 세계였다. 수백 년 살다 보니 어딜 가면 뭐가 있고 언제 리젠되는지 다 꿰고 있었다.

하지만 이 세계는 다르다. 나는 아직 이 세계를 다 아는 게 아니다. 얼마나 넓은지 광속으로 비행하다 보면 나도 모르는 새 수십 년이 지나고 마는 그런 곳이 바로 이 세계였다. 나에게 이 세계를 튜토리얼 세계만큼 파악했는지 물으면 절대 그렇지 않다는 대답을 해야 했다.

넓고 넓은 이 세상에 알려지지 않은 강자가 또 있을지도 모르지 않은가? 찾고 또 찾으면 그런 상대가 있을지도 모르지. 아직 세계를 샅샅이 뒤져보지도 않고서 강적이 없을 거라 섣불리 짐작하는 게 오만이 아니면 대체 뭘까?

"그래! 분명 있을 거야! 내 생명을 위협하는… 강적이!!"

나는 눈을 빛냈다.

"이러고 있을 때가 아니지!"

이렇게 혼자 방구석이나 긁고 있을 때가 아니다. 앞으로 다가올 위기를 생각하자. 미지의 공포, 미답의 영역, 내가 아직 찾지 못한 강적을.

"대비해야 돼!"

나는 레벨 업을 해야 한다!!

*　　　　　*　　　　　*

나는 곧장 천계 공략에 나섰다. 물론 나 혼자서.

지금 당장 레벨 업을 하자면 가장 적절한 상대가 천계였으니 당연한 수순이었다.

　이번 천계 공략의 테마는 '방심'이었다. 나는 최대한 방심하려고 했다. 그래야 강적이 내 빈틈을 노리고 달려들 테니 말이다.

　그래서 혼자 천계에 쳐들어갔고, 천계에 도착한 후엔 [진홍혜성]마저 인벤토리에 집어넣고 맨몸으로 싸웠다.

　그러나 나는 몰랐다. 의도되고 가장된 방심은 방심이라고 부를 수 없는 부류의 것이며, 오히려 적의 경계만을 살 뿐임을.

　그리고 그 결과는……

　"시시하다!"

　그랬다. 시시했다. 그것도 최고로 시시했다. 만신전보다도, 어쩌면 튜토리얼 세계보다도.

　나는 마치 서유기에서 천계에 쳐들어간 손오공처럼 날뛰었다. 도사들과 신선들, 온갖 신화적인 괴수들이 튀어나와 나를 막았지만 아무 의미도 없었다. 그러나 내 케이스가 손오공의 그것과 달랐던 점은, 내 앞에는 날 제압해 줄 관세음보살이 나타나 주지 않았다는 점이다.

　"네가 천계의 장이냐!"

　결국 모든 것을 쓰러뜨린 나는 천계의 수장인 옥황상제 앞까지 당도했다.

"그렇습니다. 제가 옥황상제입니다."

도교 신화에서는 최상급 신격일 터인 그 옥황상제는 날 보더니 맞서 싸울 생각은 안 하고 천천히 머리를 조아렸다.

"죄송합니다! 한 번만 용서해 주십시오!!"

그나마 만신전의 왕은 내게 하오체라도 쓰는 강단을 보였지만 옥황상제는 그런 것도 없었다. 그냥 납작 엎드렸다. 그렇다 보니 만신전 때처럼 한 번쯤 죽여 버릴 수도 없었다.

아니지.

나는 생각했다.

이놈을 죽이면… 그래도 경험치를 주지 않을까?

나는 내 뇌리로부터 스며드는 이 생각이 광기임을 알고 있었다. 자각할 수밖에 없다. 이미 한 번 경험했던 일이기 때문이다.

일부러 잊기 위해 노력했고 그 노력은 한 번 성공을 거두었지만, 지금 망각의 강을 건넜던 기억의 녹다 만 덩어리가 다시 거슬러 와 인지의 뭍에 올라섰다.

튜토리얼 세계에서 혼자 남겨졌을 때의… 눈에 띄는 모든 것들을 베고 죽이고 파괴하려 들었던, 정신을 완전히 놓아버린 때의 기억.

"후……. 또 그렇게 될 순 없지."

그나마 신격에 올라서 그런지, 이제는 비교적 손쉽게 나쁜 생각을 털어내 버릴 수 있었다. 튜토리얼 세계에선 이 광기를 극복하고 이성을 되찾기까지 아무리 적게 세도 최소한 백 년의 세월을 필요로 했었는데 말이다.

애초에 단순히 레벨 업만을 하겠다면 더 간편한 방법이 있는데 뭐 하러 이미 항복한 상대의 목을 베겠는가?

"하지만 그렇군."

이번 일로 얻을 수 있었던 교훈. 그것은 내가 스스로를 기만하고 있었다는 자각이었다.

"뭘, 어디 있을지도 모르는 강자를 위해 미리 레벨 업을 해야 된다는 거야?"

이 불안감, 이 조바심은 내가 튜토리얼 세계에서 드래곤을 죽일 방법을 찾아내기 전, 그러니까 레벨 업이 정체되었을 때 느꼈던 것과 닮아 있었다.

그때와 지금은 다르다. 튜토리얼 세계는 좁고 닫힌 세계로, 즐길 거리가 레벨 업밖에 없었다. 하지만 이 세계는 넓고 나 혼자만 남겨진 것도 아니다.

어떤 종류의 깨달음이 섬전처럼 찾아왔다.

"허, 이 내가 꼰대가 되어 있었다니."

하긴 나이로 보면 수백 살도 더 먹었으니 꼰대가 되고도 남지만, 나 스스로 꼰대가 아니라고 생각하다가 꼰대임을 자각하게 된 충격은 컸다.

그랬다.

나는 그저 삶의 방식을 바꾸기 싫었던 거였다. 지금까지처럼 살고 싶었던 것뿐이다. 경험치를 주는 만만한 적을 찾아 죽여서 레벨 업을 거치고 강해져 그 전까지는 죽이지 못했던 강적을 상대로 승리를 거두는 희열을 놓고 싶지 않았던 것뿐이다.

그것은 마치 다시 거리에 가스등을 켜고 마차를 다니게 하고자 브렉시트를 감행한 영국의 늙은이들 같은 소리, 그러니까 한마디로 말해 꼰대 같은 소리다.

"거참."

어떻게 생각하면 다른 플레이어들은 진작 도달했을 지점에 나는 이제야 도달한 셈이다. 다른 이들은 레벨 상한에 부딪혀 자연스럽게 레벨 업을 중단하게 되지만, 내게는 [한계돌파]가 있어 멈출 지점을 찾지 못했다.

나는 인벤토리에서 [레벨 업 쿠폰]을 꺼내 들었다. 나보다 강적이 나타나면 찢을 요량으로, 다 찢으면 딱 50레벨에 맞게 숫자를 맞춰 일부러 나눠놓은 쿠폰 꾸러미였다.

이것은 내게 남아 있던 미련이었으며 날 홀리던 미혹이었다.

나는 그동안 언젠가 날 위협할 만한 강적이 나타날 거라고 근거도 없이 믿는 동시에 쉽게 강해질 방법을 뒤로한 채 약한 채로 남아 있겠다는 모순적인 판단을 내려왔다.

강적이 남아 있다면 한시라도 빨리 강해지는 것이 좋은데, 왜 쿠폰을 쓰지 않았는가?

누군가 그렇게 물었다면 나는 대답할 말이 궁했을 것이다. 애초에 말이 안 되는 판단이었으니까. 그동안은 누구도 내게 그렇게 묻지 않았지만, 나는 스스로에게 그렇게 묻고 스스로의 모순을 깨달았다.

그것을 깨달았으니, 더 이상 남겨둘 필요가 없다.

"에이!"

나는 [레벨 업 쿠폰]들을 단번에 찢어버렸다. 그러자 내 시스템 메시지에 레벨 업 알림이 주르륵 떴다. 오랜만에 보는 현란한 알림의 연속이었다. 이 알림이 기쁘지 않았던 적은 거의 없었으나, 지금은 과거와 다른 후련함에 가까운 감정이 내 가슴을 채워주고 있었다.

"다 이뤘도다."

그렇게 나는 세계혁명가 50레벨에 도달했다.

*   *   *

이진혁 앞에 납작 엎드려 바닥에 이마를 붙인 채 있던 옥황상제는 처음에는 기겁했다. 이진혁의 살기가 자신을 향함을 알아차렸기 때문이다. 이진혁은 자신의 살기를 숨기려고도 안 했으니, 설령 직감이 0인 인간이라도 알아차리지 않을 수 없었으리라.

'목숨을 걸어서라도 최후의 항전을 해야 하나?'

옥황상제는 이를 꽉 깨물었다. 그러나 옥황상제의 낮지 않은 직감이 자신의 선택은 죽음과 소멸로 이어질 뿐이란 걸 알려주고 있었다.

'그럼 어쩌란 말인가!'

답이 없었다. 절망이었다. 이렇게 엎드려 목뒤라는 약점을 그대로 내어 보여주고 있는 게 그나마 단번에 죽을 수 있어서 더 낫다는 생각마저 들었다.

다행히 이진혁의 살기는 곧 걷혔다.

시간으로 치면 고작 1초, 어쩌면 그보다도 짧을 수 있었다. 그러나 직접 그 살기를 받은 옥황상제의 입장에선 천 년보다도 긴 시간처럼 느껴졌다. 오죽하면 순간적으로 주마등이 스쳐 지나갔겠는가.

'주, 죽는 줄……! 알았네…….'

그나마 변을 볼 필요가 없는 불멸자라 다행이지, 아니었다면 소변을 지렸을지도 모른다는 생각에 옥황상제는 섬뜩함을 느꼈다.

"후……. 또 그렇게 될 순 없지."

그때, 이진혁이 말했다. 혼잣말일 터였으나, 옥황상제는 잔뜩 긴장한 채 이진혁의 일거수일투족에 집중했다. 이러지 않으려 해도 이렇게 할 수밖에 없었다. 지금 이 순간, 한 번 잘못 판단하면 목숨이 바로 날아갈 수도 있다는 것을 알게 된지 몇 초도 지나지 않았으니.

그렇다고 옥황상제가 뭘 할 수 있는 것은 아니다. 그저 바닥에 이마를 붙인 채, 눈치를 보는 게 그가 할 수 있는 전부였다.

이진혁의 혼잣말은 이어졌다. 뭘 어떤 의미로 하는지 알아들을 수도 없을 정도로 두서없는 혼잣말이었다. 옥황상제가그 혼잣말을 들어 건질 수 있는 건 거의 없었다.

그러나 다음 순간.

'……!'

옥황상제는 몸을 움찔 굳혔다. 그리고 살찐 뺨을 푸들푸들떨기 시작했다.

'이럴 수가, 이런 일이 있나!'

경악이 옥황상제를 사로잡았다. 아무리 그저 세력의 이름이천계이기에 그 왕은 대충 옥황상제겠지, 하고 지은 칭호라지만옥황상제도 일단은 도술과 선법을 수련한 도사 출신이다.

'저 미친 자에게서 선기(仙氣)가 느껴지다니!!'

그저 미약한 선기라면 무시해도 상관없었으나, 지금 이진혁

에게서 느껴지는 선기는 도저히 무시할 수 있는 수준의 것이
아니었다. 어쩌면 옥황상제 자신보다도 청명할지도 모르는 선
기!

'이런 자리에서 깨달음이라도 얻었다는 건가? 이 살육과 파
괴에 취한… 침략자가!'

순간적으로 옥황상제는 자신의 처지도 잊고 이진혁에 대한
질투로 가슴을 가득 채웠다.

그런데 이진혁은 의외의 행동을 했다.

자신의 품, 그러니까 인벤토리에서 종잇조각처럼 보이는 걸
잔뜩 꺼내더니 한 번에 찢는 게 아닌가?

그러자 갑자기 이진혁에게 엄청난 힘이 모여들었다.

'이, 이건……!'

어떤 이유에선지 자신의 존재를 일부러 낮춰놓고 있던 존재
가 자신의 한계를 벗어던지고 본래의 격을 되찾고 있다. 적어
도 옥황상제에게는 그렇게 보였다.

옥황상제는 바로 몇 초 전까지 가슴을 가득 채우고 있던
질투심을 잊었다.

'질투를 할 대상이 아니야.'

천계라는 세력의 정상을 차지한 후 실무는 직속의 최고회
의에 맡긴 채 그저 자신의 수련과 단련에만 모든 시간과 노력
을 투자한 그였다.

그리하면 더 높은 곳으로 향할 수 있을 거라 믿었으나, 시스템이 가리키는 한계는 그를 닫아두고 잡아두었다.

　그것도 어느새 수백 년. 결국 옥황상제도 체념하고 자신의 한계를 받아들이고 있었다.

　그랬는데.

　'내게 이런 것을 보여주다니.'

　한계를 뛰어넘고 더 높은 곳으로 향하는 자의 모습을.

　그것도 하필이면 그 상대가 도도 선도 닦지 않은 외부인이며 천계의 침략자라니.

　'내가 틀렸단 건가.'

　옥황상제는 탄식했다.

　"이것이… 운명인가."

　결국 참지 못하고, 그는 그렇게 혼잣말을 흘렸다.

＊　　　　　＊　　　　　＊

─축하합니다!

　내 발밑에 엎드려 있던 옥황상제가 뭐라 중얼거리고 있었지만, 난 그걸 신경 쓰지 않았다. 왜냐하면 지금 태어나서 처음 겪는 일이 일어나고 있기 때문이다.

뭐? 축하해?

시스템이?

나를?

시스템은 이런 말을 하지 않는다. 괜히 시스템이라 이름이 붙었겠는가. 철저히 제3자적이고 객관적인 정보만을 늘어놓는 것이 시스템 메시지다.

그랬는데……. 그렇게 알고 있었는데. 일개 플레이어에게 축하를 건넨다? 이런 현상은 들어본 적도 없고 경험한 적은 더더욱 없다.

이건 이변이다. 좋은 이변인지 나쁜 이변인지는 아직 모르지만, …축하를 받았는데 나쁘게 받아들일 건 없지 않을까?

그런데 놀랄 일은 이걸로 끝나지 않았다.

—귀하께서는 시스템에 마련된 완전 최종 레벨에 도달하셨습니다!

귀하? 시스템이? 날더러?

시스템은 절대 2인칭 대명사를 쓰지 않는다. 나한테 보내는 시스템 메시지는 나밖에 볼 수 없는데도 이제까지 끈질기게 이진혁, 이진혁이라고 내 이름을 명시했다. 단 한 번의 예외도 없이.

아니, 그보다…….

"완전 최종 레벨? 그게 뭔데?"

나는 그 단어가 너무나도 신경 쓰여, 그렇게 입 밖에 내고 말았다.

―성장을 완전히 마치셨다는 의미입니다.

응? 방금 시스템이 내 질문에 대답을 한 것 같은데? 당연히 이것도 이변이다. 그러나 나는 빠르게 다음 질문을 했다. 다시 대답을 해줄까 궁금하기도 했지만, 그보다 당장 궁금한 게 있었기 때문이다. 지금이라면 대답해 줄지도 모르니 얼른 물어봐야 했다.

"그럼 다음 히든 전직이 없다는 뜻인가?"

―그렇습니다.

기분 탓이 아니었어! 시스템이 나와 대화를 하다니! …하고 놀라야 할 상황이지만, 나는 크게 놀라지 않았다. 정확하게는 놀랄 기력이 없었다.

맥이 탁 풀리는 것 같다. 이제 더 이상 레벨 업에 집착하지 않겠다고 마음은 먹었지만, 마음을 먹는 것과 현실에 직면하는 것에는 큰 차이가 있었다. 역시 나는 아직 레벨 업 의존증을 완전히 극복하지는 못한 모양이었다.

"…역시 그랬나."

─시스템은 더 이상 귀하를 더 높은 곳으로 이끌지는 못합니다만, 그렇다고 귀하의 성장이 이것으로 끝난 것은 아닙니다.

시스템이 마치 날 위로하듯 말했다. 아니, 표시됐다? 메시지니까.

─시스템으로 표시되지 않는 성장을 이룩하십시오. 그렇게 하시면 더 높은 세계로의 발돋움이 가능해질 겁니다.

"더 높은 세계, 라고?"
그냥 넘기기엔 지나치게 의미심장한 단어였다.

─그렇습니다. 지금 귀하께서 계신 세계는 하위 세계에 지나지 않습니다.

"…너는 누구지?"
나는 이게 먼저 했어야 하는 질문이었음을 하고 난 후에나 깨달았다.

─저는 시스템입니다.

"질문을 바꾸지. 너를 만든 게 누구지?"

놀랍게도 시스템은 대답을 망설이듯 명멸했다. 이제까지는 한 번도 보지 못한 현상이었다. 하긴, 처음 보는 현상이 이게 하나인 건 아니지.

─저는 하위 세계의 여러분을 상위 세계로 도약시키기 위해 존재합니다.

질문에 대한 답이 아니었다. 시스템이 말을 돌려? 그만큼 대답하기 곤란한 질문이란 건가?

─귀하께서도 완전 최종 레벨에 도달하기까지 수천 년, 어쩌면 수만 년 이상의 세월을 이 세계에서 보내셨을 겁니다. 한계를 넘어 마지막 히든 전직 직업의 최종 레벨에 도달하기까지는 보통 그 정도의 세월이 걸리지요.

아니, 아닌데.

나는 시스템이 말하는 완전 최종 레벨에 도달하기까지 1천 년도 안 걸렸다. 튜토리얼 세계에서의 세월을 제하면 20년도 안 걸렸고, 이마저도 광속 비행으로 인한 아인슈타인의 어쩌고를 제하면 5년 미만이다.

그러나 내가 뭐라고 말할 틈도 없었다. 시스템의 메시지가 계속 이어지고 있었다.

—이 일일이 세기에도 벅찰 긴 세월 동안 귀하께서는 세계를 탐험하고, 경험치를 줄 만한 강적을 찾고, 끝없이 이어지는 무료함을 달랠 유흥 거리에 매달리셨어야 할 겁니다.

시스템은 날 이해한다는 듯 메시지를 보내오고 있었다.

음……. 되게 말하기 껄끄러워졌는데. 시스템의 말을 끊어서라도 말할 걸 그랬나? 나 아직 이 세계를 10년도 못 돌아다녀서 아직 지겹거나 그러지는 않는데, 라고 말이다.

그러나 나는 입을 벌리지 않았고 고개를 젓지도 않았다. 여기서 아니라고 고개를 저어봐야 분위기만 깰 뿐이다.

그보다는 정보다. 지금은 정보를 얻어야 할 때다. 게다가 묻지 않아도 시스템은 계속 메시지를 보내오고 있었다. 시스템의 한 마디 한 마디가 전부 정보인 셈이다.

그래서 나는 굳이 시스템의 말에 반론하지 않고 묵묵히 이어지는 메시지를 바라보았다.

—그러나 그 모든 노력도 언젠가는 빛바래고 모든 것들이 시시해질 때가 오고야 말았을 겁니다. 이제 귀하는 이 세계의 모든 것을 경험했고, 모든 것을 알고 계시니까요.

튜토리얼 세계에서는 그랬지, 하고 나는 다소 아련히 생각했다. 하지만 이 세계에선 아직 그렇지 않다. 나는 불과 1분 전에 이 세계에서 새로운 목표와 삶의 방식을 찾아내겠다고 결심한 바였다. 물론 이러한 사실을 입 밖에는 내지 않았다.

나는 직감적으로 다음 메시지에 꽤 중요한 내용이 나올 거라 예상할 수 있었다. 이런 빌드 업이다. 나오고도 남지. 나는 마른침을 삼키지도 못한 채 시스템 메시지에 집중했다.

—귀하는 곧 다시 새로움을 찾으실 수 있게 되실 겁니다. 상위 세계로의 도약이 바로 그 수단입니다. 상위 세계는 하위 세계와는 전혀 다른 경험을 귀하께 제공할 것입니다.

상위 세계! 아까 시스템이 말한 더 높은 세계의 다른 표현이리라. 이 단어를 언급한 시스템의 메시지에서 기묘한 열기가 느껴진다. 목소리가 아닌 그저 텍스트의 출력인지라 억양 같은 게 실린 것도 아님에도 그렇게 느끼고 말았다.

─원하신다면 지금이라도 바로 상위 세계로의 도약 퀘스트를
제공해 드리겠습니다.

역시 다음 세계로 넘어가는 건 퀘스트 형식을 취하는 건
가. 그렇다면 좋다.

"원해. 받겠어."

퀘스트를 준다는 건 날 강제적으로 상위 세계에 올려 보내
지는 않겠다는 의미로 받아들일 수 있었다. 받기만 하고 수행
을 안 할 수도 있고, 수행은 다 하더라도 승인만 안 하면 안
올라갈 수도 있으니까. 즉, 선택권은 내게 준다는 의미다. 그러
니 안 받을 이유가 없다.

─알겠습니다. 귀하의 퀘스트창을 확인해 보십시오.

내 대답에 시스템은 어째선지 좀 안도하는 것처럼 보였다.
기분 탓일지도 모르지만.

─귀하께서 이미 완전 최종 레벨에 도달하셔서 더 이상 시스템
의 지원을 필요로 하지 않으실 걸 인지하고 있습니다만, 시스템은

귀하가 상위 세계로의 도약을 이룩하시기까지 계속해서 지원해 드리릴 것을 약속드립니다.

시스템의 메시지는 거기서 끊겼다.

"어이. 야. 시스템 아저씨? …할매? 누나? 형!"

아무리 불러 봐도 시스템은 더 이상 대답하지 않았다. 보아하니 시스템의 '오작동'은 여기까지인 모양이었다.

"흐음."

그럼 퀘스트 내용이나 확인해 볼까. 그런 생각에 퀘스트창을 열려고 할 때였다.

"헉, 허억……!"

내 발치에서 옥황상제가 이마를 바닥에 박은 채 거친 숨소리를 내고 있었다.

아, 맞다. 나 아직 천계에 있었지.

"뭐야? 왜 그래?"

말도 안 붙인 상대가 멋대로 헉헉대니 기분이 별로 좋지 않았다. 그것도 그 상대가 노인이니 더더욱. 내가 괴롭힌 것 같잖아.

"바, 방금……. 말씀하신 게……!"

"응? 말? 내가 너한테 무슨 말이라도 했던가?"

내 되물음에 옥황상제는 답답한 듯 외쳤다.

"더 높은 세계……! 라고 말씀하셨습니다……!"

"뭐야, 엿듣고 있었나."

나는 화를 내려다 말았다. 하긴 내가 혼잣말을 한 거지, 옥황상제가 엿들은 게 아니다.

"그런데 그게 왜?"

"승천!"

옥황상제는 숨넘어갈 듯 외쳤다.

"더 높은 세계로의… 승천 말입니다!!"

그런 상제의 반응에 나는 눈을 가늘게 떴다.

"너, 뭔가 알고 있군."

내겐 상위 세계란 곳에 대한 힌트가 좀 더 필요했는데, 시스템은 더 이상 대화에 응해오지 않았고 달리 정보를 얻을 곳도 없어 보였다. 그런데 뜻밖에도 옥황상제가 이 단어에 반응하다니.

아무래도 이놈의 이야기를 좀 더 들어봐야겠다.

나는 그렇게 결론 내렸다.

*　　　　*　　　　*

옥황상제는 눈물을 뚝뚝 떨어뜨리며 내게 털어놓기 시작했다.

"제가 스스로 옥황상제를 칭하고 있긴 합니다만 제 능력이 자리에 걸맞지 않음을 잘 압니다. 그도 그럴 테지요. 저는 그저 이 자리를 떠맡았을 뿐이니까요."

한 세력의 장 치고는 지나치게 비굴한 소리지만 나는 그냥 노인의 넋두리라 치고 그냥 말하게 두었다.

"제 사형, 사승, 사조, 모두 저를 두고 떠나 버렸습니다."

어디로? 나는 묻지 않았다. 애초에 이 노인이 내게 매달리고 있는 이유가 그것이니.

"하늘로, 위로, 더 높은 세계로."

그래, 상위 세계. 나도 방금 전에 손에 넣은 그 키워드다.

"들을 때마다 다른 단어로 말씀하셨습니다만 그곳이 모두 같은 곳임을 저도 압니다. 저 또한 언젠가는 거기로 가리라 믿었습니다만 제겐 자격이 없었습니다. 저 혼자 남겨진 채 어느새 천 년의 세월이 흘렀습니다. 그, 그런데……."

붉어진 얼굴, 충혈된 눈동자로 나를 올려다보며 남겨진 노인은 내게 물었다.

"저와 당신의 다른 바가 무엇입니까? 가르침을 주십시오. 제게 부족한 것이 무엇입니까? 그 누구도 알려주지 않았습니다. 누구도 제게 가르침을 주진 못하였으나 당신께서는……."

아니, 내가 정보를 얻으려고 했는데 왜 나한테 가르침을 달라고 하지? 배알이 좀 꼴리긴 하지만, 유감스럽게도 나는 옥황상제의 질문에 대한 답을 갖고 있었다.

이런 걸 공짜로 알려줄 의무는 없으나, 나는 그냥 말해주기로 했다. 노인의 눈물을 봤기 때문은 아니다. 그냥 순간의 변덕으로, 아는 척을 하고 싶어졌다.

"아마 수련이 부족한 거겠지."

나는 무뚝뚝하니 대답했다.

"거기까지 가기 위해 수천 년, 많게는 수만 년의 수행이 필요하다 하더군."

물론 나는 백 년의 세월조차 필요로 하지 않았으나, 그걸 굳이 언급해서 이 노인을 나락으로 떨어뜨릴 생각은 없었다.

"하, 하하……."

노인의 얼굴이 기묘하게 일그러졌다. 미소를 짓고자 했으나 실패한 이의 표정이었다.

"고작 천 년으로는 안 되는 거였군요. 제가 어리광을 부린 거로군요……."

"그리고 그대가 쌓았다는 수행의 방법이 맞는 건지도 의문이로군."

나는 뚱하니 덧붙여 주었다.

"예?"

"도를 닦는다는 신선들이 다른 세계에 침입해 인간의 살점을 맛보고자 하더군. 그대가 이끄는 세력의 이들이 말이야.

전해 듣지 못했나?"

나는 낮게 웃었다. 그러고 보니 그랬다. 나는 이 노인의 스승이 아니라 침략자였다. 아무래도 생각이 너무 길었던 듯했다. 놓고 있었던 현실감각이 빠르게 되돌아왔다.

내가 천계로 침략해 온 이유는 응당히 해야만 하는 복수와 반격이었다. 얻어맞은 것 이상으로, 지나칠 정도로 반격을 세게 때린 것 같긴 하지만 이게 내 탓인가? 아니다. 이들이 너무 약한 탓이다.

애초에 이들이 약하지 않았다면 내가 깨달음을 얻지도 못했을 테니, 탓을 하기보다는 덕을 봤다고 해야 할지도 모르겠다.

아직도 생각이 정리되지 않았다. 상념이 두서없이 널을 뛴다. 보통은 싸움터에서 적을 앞에 두고 이러면 안 되지만 난 이래도 된다. 목숨이 위험할 일이 없는 절대 강자의 권리다.

"저, 저는……."

"아니, 됐어. 너는 항복했고 나는 그 항복을 받아들였다. 다만 배상금은 치러야지."

"아……."

"일단 네 사승에 대해 듣고 싶군. 그 먼저 승천했다는 사승 말이야."

내게는 날 앞에서 끌어주는 선배 같은 존재가 없어서 그 승천이라는 개념도 지금 옥황상제에게서 처음 들었다. 없는 거야 어쩔 수 없다. 없으면 없는 대로, 대신할 걸 찾으면 된다.

*　　　　*　　　　*

옥황상제를 심문한 결과, 그는 상위 세계에 대해 아무것도 모른다는 사실을 알게 되었다.

먼저 상위 세계에 올라간 그의 사형, 사숭, 사조와는 전혀 연락이 안 된다고 한다. 하긴 연락이라도 받아서 작은 힌트라도 받았더라면 내게 조언을 해달라며 매달리지도 않았겠지.

그리고 옥황상제가 말하는 상위 세계는 상당히 모호하고 관념적이었다. 어쨌든 좋은 곳이고, 가면 다 잘될 거고, 목표로 해야만 하는 곳. 그게 옥황상제가 품고 있는 상위 세계에 대한 이미지였다.

그렇게 옥황상제와 상위 세계에 대한 이야기를 하면서, 시스템 메시지와의 대화에서는 느끼지 못했던 어떤 점에 대해 알게 되었다.

"그 상위 세계란 건 좀 천국 같은 느낌이로군."

막연하게 좋은 곳처럼 묘사하지만 살아 있는 사람은 아무도 가보지 못했고 먼저 간 사람과는 소식이 끊긴다는 점에서 비슷했다.

좀 더 노골적으로 말하자면 마치 사후 세계 같았다.

나는 다시금 퀘스트창을 열어보았다. 상위 세계로의 도약을 위한 퀘스트. 이 퀘스트 설명문에도 상위 세계에 대한 묘사는 없었다. 그저 상위 세계라는 단어로 지금 내가 머무르고 있는 세계를 하위 세계로 설정하고 그보다 높은 세계인 것처럼 생각하게 만든 게 전부였다.

"내가 아직 이 세계에 덜 살아서 그런가? 별로 가고 싶지 않은데?"

나는 아직 시스템 메시지가 하위 세계라 폄하하는 이 세계에 질리지 않아서 그런지, 별로 상위 세계란 곳에 가고 싶지가 않았다.

만약 내가 천계를 제압하기 전의 상태, 그러니까 레벨 업에 대한 망집에 사로잡힌 채였다면 상위 세계에 목을 맸을지도 모른다. 더 레벨을 올릴 수도 있고 이 세계에서 만날 수 없는 강적을 만날 수도 있을 거라는 기대감을 가졌을 테니까.

하지만 지금은 그렇지 않았다. 애초에 상위 세계라고 레벨 업과 강적의 존재가 보장된 것도 아니고, 시스템 메시지도 내게 그런 언급을 한 적이 없다. 그냥 상위 세계라는 단어 때문에 막연한 기대감을 느끼게 될 뿐이지. 실제로 어떤 곳인지는 아무 정보도 없다.

게다가……. 이상하게 느낌이 별로다.

한번 사후 세계라 느껴서 그런가? 이제는 불멸자가 되어 수명도 극복했고 육체의 한계에서도 벗어났으니 더 이상 죽음에 대해 막연한 두려움을 품을 필요도 없어졌건만, 그럼에도 불구하고 역시 죽음이라는 단어에서 별로 좋은 느낌이 들지는 않는다.

직감은 조용했지만, 직감이 만능인 능력치인 건 아니다. 직감만으로는 여기까지 오지 못했다. 내가 직감을 약간 더 믿긴 하지만, 내 개인적인 느낌도 꽤 중시한다. 이걸로 이득도 꽤 봤다. 봤나? 봤을 것이다.

"흐음. 뭐, 어차피 지금 당장 갈 수 있는 곳도 아니니."

퀘스트는 내게 최상급 신 이상의 신격을 쌓을 것을 요구하고 있었다.

나는 현재 중급 신. 아무리 다른 조건은 이미 다 충족된 상태라지만 상급 신에도 언제 오를 수 있을지 모르는 마당에 최상급까지 언제 기어 올라갈 수 있을지 감도 안 잡힌다.

어쨌든 퀘스트는 받았으니 느긋하게 수행하면서 정보를 좀 더 모아보자. 이러다 보면 뭔가 답이 나오겠지.

그렇게 나는 판단을 뒤로 미루고, 일단 지금 당장 해야 할 일부터 하기로 했다.

"그럼 옥황상제 양반, 본격적으로 이번 전쟁에 대한 배상금을 받아볼까?"

"바, 방금 말씀드렸잖습니까! 정보를……."

"아니, 그건 아니지. 그건 내가 네게 상위 세계에 대해 말해 준 걸로 퉁쳐야지."

이 양반 이거 양심 없는 거 봐라. 나는 옥황상제를 보며 혀를 끌끌 찼다.

"게다가 아까 네 고민에 대한 답도 줬잖아. 쌤쌤이네."

"아……."

옥황상제는 얼빠진 목소리로 멍하니 고개를 끄덕였다.

뭐야, 납득한 건가? 이걸로 납득해 준다면 나야 좋지.

*　　　*　　　*

옥황상제와의 교섭은 원활히 진행되었다. 사실 교섭이랄 것도 없었지만 말이다. 나는 승리자고 천계는 전쟁에서 패배했으니, 배상금은 그냥 내가 받고 싶은 만큼 받으면 된다.

하지만 이게 말만 쉽지 진짜로 쉬운 게 아니었다. 상대의 지불 능력만큼 최대한 뜯어내자면 일단 상대의 지불 능력을 알아야 되니. 그리고 상대가 갖고 있는 것 중 내가 뭘 원하는지도 알아야 했다.

달리 할 일이 없었다면 시간을 들여 느긋하게 천계의 금고와 보물고를 둘러보면서 내가 직접 골라서 갖고 나오면 되겠지만 상황이 그렇지가 않았다.

지금 내겐 당장 해야 할 일이 있었다.

"그러니 달아둬. 다음에 받으러 오지."

그래서 나는 천계의 배상금에 대해서 일단 나중에 생각하기로 했다. 꼭 지금 당장 받을 필요는 없었다. 물론 옥황상제를 비롯한 천계의 신선들이 다른 생각을 품으면 곤란하니 적당히 지배를 걸어두었다.

"으, 어어어, 알, 겠습니다……."

"좋아, 잘 걸렸군."

지능이 떨어진 모습의 옥황상제를 보며 나는 빙긋 웃었다.

"아, 그렇지. 혹시 [바즈라다라의 바즈라]보다 더 좋은 [바즈라] 있어?"

[축복], [기적], [신비]까지 먹여 차근차근 업그레이드까지 해 가며 지금껏 잘 써먹어 온 [바즈라다라의 바즈라]도 좋은 무기다.

하지만 천계의 창고에는 더 좋은 바즈라가 있을지도 모른다. 아니, 분명 있겠지. 외부인에게 현상금 대신 냉큼 넘겨준 게 [바즈라다라의 바즈라]다. 이것보다 좋은 게 없으면 이상할 정도다.

"여기, 있습니다……."

내 질문을 들은 옥황상제는 쿨하게 자기가 들고 있던 홀을 내게 건네주었다.

[옥황상제의 홀(Scepter of Jade Emperor)]
─분류: 보패
─등급: 옥황상제
─내구도: 무제한/파괴 불가
─옵션: 매력 +100, 위엄 +255
[옥황상제의 심판]: 지정 대상을 심판하여 신성 피해를 입힌다.
심판한 대상을 처치할 때마다 위엄 +1. 심판하여 처치한 대상이
마에 속할 경우 추가로 신성 +1.
[옥황상제의 일갈]: 집단을 대상으로 일갈한다. 일갈한 대상이
아군일 경우 전투력이 상승하고 적군일 경우 전투력이 하락한다.
위엄이 높을수록 효과가 높아진다.
[옥황상제의 인덕]: 지정한 아군 부대의 생명력, 체력을 회복시
키고 사기를 높인다. 매력이 높을수록 효과가 높아진다.
─사용 제한: [옥황상제]

옵션이 상당히 좋긴 하지만 사용 제한이 걸려 있는 게 옥의
티였다.
아니, 옥황상제 한정 장비라니. 이거 혹시 날 멕이려고 준
건가?

물론 그렇진 않을 것이다. 그저 지배에 걸려 지능이 떨어진 탓에 다른 건 생각 못 하고 그냥 지금 당장 가진 것 중 가장 좋은 걸 내게 넘긴 거겠지.

그러므로 나는 관대한 태도를 취하기로 마음먹었다.

"꽤 괜찮군. 고마워. 하지만 더 좋게 만들어야겠어."

게다가 나는 이 문제를 어떻게 극복해야 하는지 이미 알고 있었다. 만신전에서 이미 한 번 겪은 일이거든.

나는 [옥황상제의 홀]에 [축복], [기적], [신비]를 한 번에 걸었다. 그러자 아이템의 이름이 바뀌었다.

[이진혁의 홀]
—분류: 보패
—등급: 이진혁
—내구도: 무제한/파괴 불가

마치 [이진혁의 위광]처럼 말이다.

"이번엔 [이진혁의 홀]인가……."

이제는 익숙해질 때도 됐지. 나는 초연히 받아들였다. 이걸로 이진혁급의 이진혁 장비가 두 개 모였다. 두 번 일어난 일은 세 번도 일어나나? 일어날지도 모르지. 나는 헛웃음을 지으며 아이템 옵션을 들여다보았다.

─옵션: 매력 +255, 위엄 +999

[이진혁의 천벌]: 지정한 위치에 천벌을 내려 광역 신성 피해를 입힌다. 천벌을 받은 적을 처치할 때마다 위엄 +1. 처치한 대상이 마에 속할 경우 추가로 신성 +2.

[이진혁의 대호령]: 효과 범위 내의 대상이 아군일 경우 전투력이 상승하고 축복이 걸리며, 적군일 경우 전투력이 하락하며 스턴이 걸릴 수 있다. 위엄이 높을수록 효과가 높아진다.

[이진혁의 대덕]: 효과 범위 내의 모든 아군 부대의 생명력, 체력을 회복시키고 사기를 높인다. 매력이 높을수록 효과가 높아진다.

─사용 제한: [이진혁]

[이진혁의 위광]과 마찬가지로 이진혁급이 되면서 옵션이 더 좋아졌다. [옥황상제의 심판]이 [이진혁의 천벌]이 되면서 신성 스택이 2배로 늘어난 것도 좋고, 다른 옵션도 다 마음에 든다.

"이건 배상금의 일부로 받아두지."

당연하지만 이건 일부일 뿐이다.

요선들이 그랑란트에 쳐들어오면서 주민들이 얼마나 불안에 떨었는데, 고작 홀 하나로 퉁치려 들면 안 되지.

"알겠습, 니다."

옥황상제는 쾌히 고개를 끄덕여 주었다. 고마운 일이다. 이렇게 자신의 것을 쾌히 넘겨주다니. 물론 지배에 걸려서 이러는 거지만 뭐, 아무렴 어떤가.

"핫하하하!"

나는 괜히 한번 웃어주었다. 별 이유는 없었다.

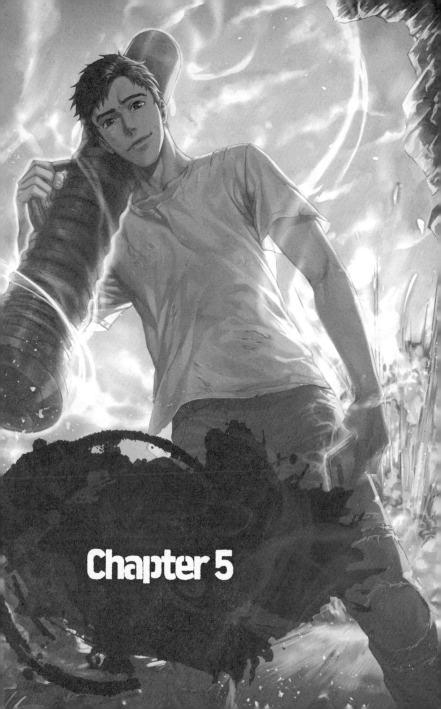

Chapter 5

만신전이나 천계에서 받아먹을 배상금보다도 급한, 당장 해야 할 일이란 건 바로 마구니 동맹을 처리하는 거였다.

잭 제이콥스의 정보에 의하면 만신전과 천계에 마구니의 움직임이 포착되었다고 한다.

교단이 두 세력에 잠입시켜 둔 정보원에 의한 첩보였다. 뱀이 가는 길은 뱀이 더 잘 안다고, 다른 세력의 공작을 간파하는 건 역시 간첩인가.

어쨌든 그랑란트를 쳐들어온 두 세력에 공통적으로 마구니가 보였다는 건 그냥 넘어갈 일이 아니다.

"이 정도면 마구니 동맹이 사주한 결과물이라고 봐도 되겠지."

천계와 만신전, 이 두 세력이 마구니에 의해 놀아나고 있었다고 해도 별로 과언이라 할 수 없을 정도의 정황증거다.

한 번이면 우연이겠지만 두 번은 아니다. 더욱이 타이밍까지 맞췄다. 두 세력은 거의 동시에 쳐들어왔었으니. 그것도 두 번에 걸쳐서.

"내가 2라는 숫자를 별로 싫어하는 편은 아니었는데 말이지."

아무래도 마구니 놈들은 나로 하여금 2를 싫어하게 만들 생각인 모양이었다. 그게 아니면…….

"내가 목표든가."

자의식과잉인가? 그럴 수도 있다. 하지만 그게 뭐? 내 목숨이 달린 일이다. 좀 오버해서 조심해도 된다.

어쨌든 이대로 마구니들을 그냥 남겨둘 수는 없다. 다른 모략을 걸어오기 전에 이쪽에서 먼저 치고 나가야 한다.

일단 만신전과 천계를 제압해 위험 요소를 제거하긴 했지만, 그렇기에 더더욱 놈들은 음습한 방식을 사용하게 될 거다. 전면전으로 날 제압하기 힘들다는 걸 알았으니까.

내 입장에선 차라리 전쟁을 걸어오는 게 낫다. 모략은 내 전문 분야가 아니다. 그러니 이대로 휘둘리는 것보다는 차라리 이쪽에서 전쟁을 거는 게 좋겠다는 결론에 이르렀다.

더욱이 마구니들은 죽이기만 해도 신성을 주는 '마에 속하는 존재다. 만마전의 악마들이 청마인이 되어버린 이상 몇 안 되는 신성 파밍 대상인 셈이다.

아무리 이제 더 이상 레벨 업을 할 필요가 없다고는 해도 상위 세계에 관련된 퀘스트를 깨려면 신성을 모으고 격을 올려놔야 한다. 중급 신에 불과한 지금, 최상급 신은 언감생심, 당장 상급 신이라도 되려면 열심히 해야지.

"아무한테도 안 주고 나 혼자 다 먹어야지."

카자크가 찾아다 준 마구니 동맹 소굴의 좌표를 내려다보며 나는 슬쩍 웃었다.

어째 레벨 업에 대한 집착이 신성 모으기에의 집착으로 변질되기만 한 것 같지만, 뭐 사람이 하루 만에 쉽게 바뀌겠는가. 담배 끊기 전까지는 사탕 먹으면서 버티는 거랑 비슷한 거지.

혹시나 마구니들이 도망갈까 봐, 나는 이대로 천계에서 마구니 동맹 소굴로 곧장 직행하기로 했다.

뭐, [진홍 혜성]의 워프 항법이면 시간이 오래 걸리지도 않는다.

나는 인벤토리에서 [진홍 혜성]을 꺼내고 올라탔다.

잠깐 고민했다가, 12척의 [진홍 혜성]을 추가로 소환하고 [하이퍼 이진혁 모드]를 활성화시킨 후 합체를 진행했다. 도착해서 합체를 시도하면 불과 몇 초 정도더라도 빈틈을 보여주게 되니 미리 해두는 게 나을 거 같아서 내린 결정이었다.

"도착하자마자 전투가 벌어졌으면 좋겠군."

그런 작은 소망을 담아서 미리 합체를 해둔 거였다.

[하이퍼 이진혁 모드] 상태더라도 [하이퍼 워프]는 사용할 수 있다. 좌표만 입력하면 된다. 거참, 편리하기도 하지.

자, 그럼 좌표를 입력하시고.

"출발!"

마구니나 잡으러 가보실까!

*   *   *

마라 파피야스의 분신들은 모두 노력한다.

그들은 모두 스스로가 마라 파피야스라고 생각하지만, 그들의 곁에 붙어 있는 마구니 두령들은 자신들이 섬기는 상관을 절대 마라 파피야스라 부르지 않는다.

분신님.

만 번대의 분신이든, 천 번대의 분신이든, 백 번대의 분신이든, 심지어 십 번대의 분신이든 이 호칭에서는 절대 벗어날 수 없다.

아무리 그렇게 부르지 말라고 말해도 호칭은 변하지 않는다.

그래서 마라 파피야스의 분신들은 노력한다. 노력함으로써 자신의 넘버링이 조금이라도 적어진다면, 이렇게 불릴 수 있지 않을까 해서.

"마라 님."

수백만이 존재하는 마라 파피야스의 분신들 가운데, 이렇게 불릴 수 있는 분신은 단 하나뿐이다.

"마라 파피야스 님."

분신이 아니라 본신으로 취급받는 단 하나의 분신.

"……."

분신들 모두가 원하는 그 호칭으로 불렸음에도, 마라 파피야스의 분신 1번은 대답하지 않았다. 마구니 두령도 대답이 돌아오지 않는 상황에 익숙해진 듯, 그대로 말했다.

"귀찮으셔도 들으셔야 합니다, 마라 님."

"싫어. 귀찮아. 자게 내버려 둬."

드디어 대답이 돌아왔다.

"하지만 마라 님."

"날 마라라고도 부르지 마. 귀찮은 걸 떠넘기지 마. 그렇게 마라가 되고 싶어 하는 2번보고 다 하라고 해. 알았어? 알았으면 꺼져."

마구니 두령은 마라 파피야스가 이렇게 나올 줄 알고 있었다. 그야 그렇다. 마라 파피야스는 욕계의 꼭대기에 존재하는 욕망의 화신, 욕망의 마왕.

그리고 지금 마라 파피야스가 잠겨 있는 끝없는 욕망의 정체는 바로 나태였다.

식욕? 색욕? 그런 건 하찮은 일개 마구니 시절에 이미 모두 채웠다. 이 세상 모든 것을 먹고 마시고 즐기고, 욕망의 대상이 될 법한 모든 것을 이루고 나자 남은 것은 그저 권태뿐. 마라 파피야스는 아무것도 하고 싶지 않았다. 무한한 귀찮음만이 그를 지배하는 욕망의 전부였다.

그렇기에 스스로를 수백만 개로 나눠 자신의 일을 대신하도록 했다. 그것이 수백만 마라 파피야스 분신의 정체였다. 사실을 말하자면 모두가 마라인 게 맞는 셈이다.

그랬음에도 문제가 있었다. 분신들도 마라 파피야스이기에, 게으름에 젖어 아무것도 안 하려 했기 때문이다. 자기 일을 대신하라고 분신을 생성한 건데, 다들 놀고 있어서야 분신을 나눠놓은 보람이 없다.

"2번 분신과의 격차가 많이 좁혀졌습니다."

그래서 마라 파피야스는 자신의 분신들에게 각각 번호를 붙여놓고, 마라 파피야스로서의 활동을 열심히 할수록 붙인 번호가 줄어들도록 했다. 또한 분신들 곁에 부관 격으로 붙여

놓은 마구니 두령에게 분신들을 부를 때 결코 '마라 님'이라 하지 못하도록 금했다.

　욕망이란 결손에서 생기는 거다. 이름을 잃은 마라 분신들은 이름을 되찾고자 하는 욕망을 품고 열심히 일하기 시작했다.

　1번 분신, 마라 파피야스 본인을 제하고 말이다.

　"아, 그럼 그놈 보고 마라 하라 그래."

　이미 마라라 불리는 1번 분신에게는 결손이 없다. 그러므로 '진짜' 마라가 되고픈 욕망도 없다. 진짜로 2번이 되어 마라라는 호칭을 잃는다면 모를까.

　"알겠습니다."

　마구니 두령이 답했다. 그리고 몇 분 후.

　"분신님."

　"어, 뭐?!"

　마라 파피야스의 1번 분신이 상반신을 벌떡 일으켰다.

　"2번이 벌써 1번이 된 거야?"

　"아뇨, 그냥 한번 말해봤습니다."

　"아니, 너……."

　1번은 오랫동안 씻지 않아 더러워진 더벅머리를 벅벅 긁으며 긴 한숨을 내쉬었다.

　"알았어. 말해봐. 무슨 일이야?"

"예언이 이뤄졌습니다. 이대로 가면 마구니 동맹이 절멸합니다. 마라 님을 포함해서요."

꽤 충격적인 발언이었음에도, 마라 파피야스는 눈을 두 번 깜박이는 게 전부였다.

"응? 왜?"

"마라 님께서 직접 예언하신 겁니다. 그 공으로 1번……. 마라 님이 되신 걸 벌써 잊으신 겁니까?"

"기억하고 있는 것도 귀찮아서 잊어버리고 있었어."

마라 파피야스는 심드렁하니 대꾸했다.

"아무튼 마라 님께서 예언하신 대로 그 에르메스라는 상급 신과 천원이라는 천신이 마구니 동맹의 비처에 도착했습니다."

마구니 두령이 의미심장한 듯 말했지만, 마라 파피야스의 눈동자에 의욕이 깃들지는 않았다. 그래서 마구니 두령은 더욱 목소리를 낮춰 이렇게 선언했다.

"멸망의 전조가 나타났으니 마라 님께서 직접 나서실 때가 되었습니다."

반응은 확실했다.

"아, 싫어. 귀찮아. 다른 놈더러 하라고 해."

더욱 확실한 거부의 반응이라는 게 문제였지만 말이다.

"변수를 만드실 수 있는 건 그 미래를 직접 예언하신 마라 님뿐입니다. 다른 분신들이 아무리 나대봐야 예언대로 돌아갈 뿐이에요."

"아, 진짜 귀찮게."

마라 파피야스는 신경질적으로 머리를 긁었다. 그러자 하얀 비듬이 눈처럼 떨어져 내렸다.

마구니 두령은 마라 파피야스로부터 세 걸음 정도 떨어졌다. 그리고 익숙하게 마스크를 썼다. 상관을 대하는 태도는 아니나, 마구니 두령은 자신의 주인이 이 무례를 지적하는 것조차 귀찮아할 것임을 잘 알고 있었다.

"그래서 누구야? 날 귀찮게 하는 놈의 정체가."

"이진혁입니다."

"날 귀찮게 하는 놈은 너잖아."

"이진혁입니다."

마라 파피야스는 뒷목을 벅벅 긁었다. 때가 밀려 나왔다.

"그럼 그놈 죽여."

가벼운 말투로, 마라 파피야스는 그렇게 명령을 내렸다. 그러자 마구니 두령은 실로 담백하게 이렇게 대꾸했다.

"실패할 예정입니다."

그건 마라 본인이 듣기에도 이상한 대꾸였기에, 귀찮지만 굳이 되물어야 했다.

"그게 무슨 소리야?"

"마라 님께서 직접 그렇게 예언하셨습니다. 잊으셨습니까?"

두령 주제에 감히 마라한테 어이없다는 시선을 보내다니. 마라는 어이가 없었다.

"귀찮은데 두 번 말하게 하지 마. 귀찮아서 잊었어."

"이제 잊으시면 안 됩니다. 귀찮으신데 다시 떠올리셔야 할 테니까요."

이 마구니 두령은 굉장히 귀찮게 굴었다. 마라 파피야스는 당장에라도 이 두령 놈의 목을 쳐버리고 싶은 욕망이 들었지만, 그마저도 귀찮은 데다 아무리 목을 쳐봐야 다음 두령이 와서 또 귀찮게 할 뿐임을 잘 알고 있었기에 마라 파피야스답지 않게 그 욕망을 접었다.

"그럼 나더러 어쩌란 거야?"

"그건 마라 님께서 직접 생각하셔야죠. 아까도 말씀드렸지만 예언에 변수를 발생시킬 수 있는 건 예언한 본인인 마라 님뿐입니다."

"나더러 열심히 생각하라는 거야?"

그건 마라 파피야스가 가장 자신 없어하는 거였다. 물론 '생각'하는 부분이 아니라 '열심히' 하는 부분 말이다.

"네."

그러나 마구니 두령의 대답은 간결하고도 단호했다.

"어우, 짜증 나."

마라 파피야스는 잔뜩 찌푸린 얼굴로 질색했다.

＊　　　＊　　　＊

"쳇."

나는 텅 빈 좌표를 바라보며 허탈하게 혀를 찼다. 아무래도 내가 너무 늦게 온 모양이었다. 마구니들의 모습은 보이지 않았다.

"시간을 너무 끌었어."

이 좌표를 카자크로부터 받은 게 몇 달 전이지? 괴량 형제가 그랑란트에 쳐들어왔을 때 받았으니, 확실히 너무 오래됐다. 변명거리는 있다. 그동안 천계와 만신전이 교대로 그랑란트에 침략했고, 그걸 알고 미리 방비하느라 시간을 썼다. 자릴 비울 수가 없었지.

마구니들이 알고 한 건지는 모르겠지만, 놈들의 술수가 공방일체의 묘책이 된 셈이다.

"후, 어쩔 수 없군."

나는 [진홍 혜성]의 통신기를 집어 들었다. 이럴 때 연락할 사람이라곤 단 한 사람뿐이다.

"잭 제이콥스."

안 그래도 얼마 전에 힘을 빌렸는데 염치도 없이 또 매달리는 건 별로 안 좋지만, 뭐 어쩌겠는가. 달리 정보가 나올 구석이 없는데. 게다가 마구니 동맹에 관한 일은 교단에게도 중요한 일이다. 마구니 놈들은 명백히 교단의 적이기도 하니 말이다.

그렇게 변명 같은 생각을 하며, 나는 통신기를 집어 들었다.

* * *

잭 제이콥스, 교단의 총통.

그가 말했다.

—그랬군요. 어느 정도 예상은 했습니다. 마구니들은 눈치만은 빠르니까요. 어쩌면 카자크의 심문으로 그 좌표가 들킨 시점에서 이미 자릴 비웠을지도 모르는 일입니다.

따지고 보면 교단에서 수고해서 건네준 정보를 무위로 돌린 셈이다. 나는 미안해서 사과라도 해야 할까 생각했는데, 잭 제이콥스는 정말 아무것도 아니라는 듯 넘어간다. 이래서야 사과할 각도 안 나온다.

—그보다는 천계를 이렇게까지 빠르게 정리하실 줄은 몰랐습니다. 아니, 별로 놀랄 일은 아니군요. 만신전도 혼자 몸으로 제압하신 분을 상대로 제가 무슨…….

그래서 나는 그냥 뻔뻔해지기로 했다. 언젠 뭐 안 뻔뻔했냐고 누가 물으면 대답할 말이 궁하긴 하지만 아무튼.

"혹시 추가적으로 들어온 정보 같은 거 있나?"

―카자크로부터는 올라온 보고는 없습니다.

"그런가……."

―하지만 의심 가는 구석은 있습니다.

의심 가는 구석? 마구니 놈들의 소굴에 대한 실마리라도 있는 건가? 나는 약간의 기대를 담아 되물었다.

"뭐가?"

―이건 일반론입니다만, 보통 마구니들은 어떤 세력의 음지에 스며 들어가 배후에서 일을 꾸미는 걸 즐깁니다.

이번에 만신전과 천계를 충동질해 그랑란트에 양면 전쟁을 건 것처럼 말이다.

―적어도 놈들이 전면전을 벌이는 걸 본 적이 없군요. 그런데 지금은…….

"스며 들어갈 세력이 없다?"

교단에는 브뤼스만이 있었지만 놈의 세력이 뿌리까지 뽑히면서 자연스레 마구니들이 끼어들 구석이 사라졌다. 만마전은 내 손에 멸망당했고 만신전과 천계도 크게 다를 바가 없다.

―아뇨, 딱 한 세력 남아 있습니다.

내가 모르는 세력이 있었나? 생각했지만 나는 곧 답을 떠올렸다.

"인류연맹인가."

그랑란트까지 제한다면 어느 정도 규모가 있는 세력 중에선 인류연맹만이 남는다. 아니, 사실 인류연맹도 변경의 약소 세력이지만 내가 들어본 세력 중에선 마지막이다.

그러니 잭 제이콥스의 예측은 합당한 면이 있었으나, 그는 이렇게 이어 말했다.

―제 억측입니다만. 불쾌하시다면 잊어주십시오.

내가 인류연맹의 영웅왕인 걸 신경 써주느라 하는 말이겠지만, 나는 고개를 저었다.

"아니, 사과할 거 없어."

인류연맹의 영웅왕이라곤 해도 정작 나 자신은 인류연맹의 땅을 밟아본 적조차 없다. 소속감도 그다지 없고 말이다.

"아무튼 그렇군. 알았어."

잭 제이콥스의 추리가 타당하다고 느낀 나는 잭 제이콥스를 향해 고개를 끄덕여 보였다.

"어차피 한번 가보긴 해야 할 테니, 내가 직접 가서 확인해보겠어."

*   *   *

―아, 폐하! 영웅왕 폐하!

나는 레벨 업 마스터를 통해 크리스티나에게 연락을 취했다.

―요즘 저를 찾아주시질 않아서 많이 속상했어요!

"그래, 크리스티나."

그러고 보니 그랬다. 요즘 통 크리스티나의 힘을 빌릴 일이 없었다. 내가 좀 세계구적으로 놀다 보니 잭 제이콥스의 힘을 빌리는 일이 잦아진 대신 인류연맹을 상대로 삥 뜯을 필요가 줄어들었다.

하지만 이번만큼은 크리스티나의 도움이 필요하다.

"별일 없어?"

―저야 지금이 인생의 최전성기를 구가하고 있는 것 같지만요!

크리스티나는 활짝 웃었다. 그러고 보니 링링도 비슷한 발언을 했었다. 영웅왕인 나의 보조를 맡게 되면서 자신도 왕의 대리자와도 같은 대우를 받고 있다고. 아마 크리스티나와 주리 리도 비슷한 대우를 받고 있겠지.

"너야? 그럼 다른 사람들은 다르다는 뜻이야?"

―아, 네…… . 뭐.

살짝 굳은 웃음을 보이던 크리스티나는 결국 끝까지 웃지 못하고 한숨을 내쉬었다.

―사실 폐하께 이런 말씀을 드리긴 좀 그렇지만요. 요즘 인류연맹이 조금 어수선해요.

"흐음?"

크리스티나의 발언을 요약하면 다음과 같다.

인류연맹은 나, 이진혁에 대한 국방의 의존도가 지나치게 높음을 깨닫고 이를 개선하려 했다. 그 개선안으로 나온 것이 슈퍼 포스 플랜이었다. 전투력이 뛰어난 병사를 선발해 그들에게 인류연맹의 자원을 집중해 엘리트 군인, 슈퍼 포스로 양성하는 것이 목적인 계획이었다.

"그게 실패한 건가?"

—아뇨, 지나치게 성공했어요.

"지나치게라니?"

—말 그대로의 의미에요. 지나치게 강력해졌어요. 종족 한계를 뛰어넘을 수 있을 정도로요.

역설적으로 말해 인류연맹이 공화제를 유지할 수 있었던 건 플레이어의 성장 한계가 정해져 있었기 때문이다.

만약 시민들 사이에 무력의 차이가 지나치게 크게 벌어졌다면 무력이 계급을 나누는 역할을 했을 것이고, 실제로 초기 플레이어 사회는 왕과 귀족으로 이뤄진 수직적 계급사회였다.

하지만 세월이 흐르고 모두가 성장 한계에 도달하면서 무력의 차이가 사라지고 다시 사람의 가치가 동등해지기 시작했다.

그렇다고 기존의 왕과 귀족들이 기득권을 순순히 내놓을

리 만무했다. 그들은 넌지시 다른 플레이어의 레벨 업을 막으려고 노력했으나 인류연맹은 사실상 휴전 중이라곤 해도 교단과 전쟁 중인 세력이었다. 아군 플레이어의 레벨 업을 막는다는 것은 매국 행위에 가까웠다.

결국 몇 차례의 혁명을 통해 숫자 앞에 장사가 없다는 것을 깨달은 상위 계급이 어쩔 수 없이 기득권을 내려놓으면서 후기 플레이어 사회는 시민사회로 환원되었다.

뭐, 인류연맹에도 3대 가문이니 뭐니가 있는 걸 보니 완전히 구태를 벗어던진 것 같진 않지만 크리스티나가 자랑스럽게 늘어놓은 바에 의하면 그렇다고 한다.

"그런 역사를 겪었는데도 용케 날 왕으로 추대했군."

―그야 폐하께선 말도 안 되게 강하신걸요. 만마전을 혼자 정리하셨을 정도로요.

초월적으로 강력한 힘을 소유한 데다 인류연맹을 위해 그 힘을 써준 나는 왕으로 추대되기에 부족함이 없다고 크리스티나는 장황하게 날 칭찬했다.

"그럼 되는 거야?"

―그렇죠.

그게 뭐 이상할 게 있느냔 식으로 반응해서 도리어 내가 놀랐다.

―그런데 문제는 여기서부터 시작돼요.

"설마 슈퍼 포스들이 지나치게 강력해져서 권력을 탐하기 시작했단 소린 아니겠지?"

—어떻게 아셨어요?!

크리스티나는 눈을 휘둥그레 떴다. 어떻게긴. 서론을 저렇게 길고 장황하게 깔아놨는데.

"그렇군. 대충 알았어."

나는 고개를 두 번 끄덕였다.

"크리스티나, 인류연맹의 좌표를 줘."

아무래도 저 슈퍼 포스란 놈들이 좀 수상하다. 굳이 비율로 따지면 2% 정도 수상하지만, 달리 마구니 동맹에 대한 정보가 없는 이상 아무리 미세한 확률이라도 까봐야 한다. 그리고 사실 옛날 지구산 뽑기 게임 확률을 보면 2% 정도면 높은 확률이다.

그래서 나는 인류연맹으로 직접 가보기로 마음먹었다.

—네? 좌표요? 차원문이 아니라요?

"차원문은 열기까지 준비가 필요하잖아. 시간도 들고. 더욱이 차원문 여는 관리가 따로 있다며? 그거 절차 다 거치느니 내가 찾아가고 말지."

거기까지 말한 나는 뒤늦게 생각난 듯 덧붙였다.

"아, 맞다. 내가 인류연맹으로 간다는 건 비밀로 해줘. 비밀로 하는 게 어렵다면 되도록 보고를 느리게 하고. 그 정돈 가능하겠지?"

사실은 나중에 생각난 것처럼 말한 건 연기다. 처음부터 이렇게 요구할 생각이었다. 크리스티나를 상대로 이렇게까지 할 필요가 있나 싶긴 했지만, 적을 속이려면 아군부터 속이라는 말도 있지 않은가. 뭐 그런 거다.

─그 정도야 물론, 일주일 정도 끌 수 있어요.

아예 비밀로 하는 건 무린가. 하지만 상관없지. 공간을 접어 이동하는 [진홍 혜성]의 워프 항법을 이용하면 항행에 일주일도 걸리지 않는다. 무식하게 광속 비행을 하던 때처럼 시차를 생각할 필요도 없고 말이다.

"좋아, 그럼 좌표 줘."

─네! 직접 뵐 날을 고대하고 있겠어요!!

왜 갑자기 오냐, 방문 목적이 뭐냐 같은 질문이 나오리라 생각하고 적당히 둘러댈 말을 미리 떠올려 두었던 게 허무하게도 크리스티나는 환영부터 표하고 곧바로 인류연맹의 좌표를 내게 알려주었다.

거참, 이렇게 나오면 내 사람됨을 의심하게 되잖아. 이 상황에 조금 자괴감을 느낀 나는 기분 전환 삼아 혼잣말처럼 말했다.

"그러고 보니 인류연맹하고 가장 먼저 접촉했는데, 인류연맹에 가는 건 맨 마지막이 되는군."

─네? 그게 무슨 의미신지…….

"아, 만신전하고 천계에는 이미 다녀왔거든."

굳이 말할 필요를 못 느껴서 말 안 했는데, 잘 생각해 보니 인류연맹도 당사자였다. 교단에 의해 제지당하긴 했지만 천계랑 만신전에 먼저 선전포고 당한 건 인류연맹이었으니까 말이다.

다시 생각해 보니 괘씸하네. 그놈들, 그랑란트에는 아예 선전포고조차 안 하고 그냥 침략했었지. 이런 거 보면 인류연맹도 약소하나마 세력 대접을 받고 있는 셈이다.

그랑란트는 당연히 그 이하고. 이런 것도 신생 세력의 비애라고 해야 하나.

어쨌든 인류연맹에도 이 정보를 알 권리가 있다. 그렇게 판단한 나는 뒤늦게나마 크리스티나에게 말해줬다.

"만신전하고 천계 까부숴 놨다. 이제 인류연맹에 침략 같은 건 못 할 거야."

그러자 크리스티나가 보인 반응은 실로 현란했다.

─예에?!

그런 그녀의 반응에 나는 기묘한 만족감을 느꼈다.

*   *   *

크리스티나는 내 보고에 대단히 기뻐했다. 그야 그렇다. 인류연맹을 불안에 휩싸이게 만든 게 만신전과 천계로부터의 위협 때문이었으니. 그런데 그 두 세력이 내 손에 패퇴했으니 인류연맹의 소속원 입장에선 기뻐할 수밖에 없었다.

여기에 크리스티나의 입장에선 한 가지가 더해졌다. 애초에 슈퍼 포스 플랜을 입안한 게 전쟁 위협 때문이었는데 그게 없어졌으니 더 이상 슈퍼 포스를 양성할 필요가 없다는 게 그거였다.

—이제 인류연맹은 다시 안정을 되찾을 거예요!

평화의 시대가 와 슈퍼 포스의 중요도가 내려갔으니, 이제 더 이상 그들도 권력을 탐하진 못하리란 게 크리스티나의 예측이었다.

글쎄. 과연 그럴까. 나는 그 혼잣말을 입안에서만 굴렸다. 한번 권력을 탐하기 시작한 자가 도중에 그만두는 경우를 나는 보지 못했다.

아, 아예 없진 않군. 늙고 병들어 의욕을 잃은 경우.

하지만 슈퍼 포스가 그 분류에 놓일 리는 없으니 답이 없다.

뭐, 내가 상관할 바는 아니다. 아무리 내가 명목상 인류연맹의 영웅왕 자리에 앉았다고는 하나 문자 그대로 어디까지나 명목상일 뿐이다. 괜히 입헌군주가 아니다. 정치적인 사안에 끼어들어 봤자 좋은 꼴을 못 볼 건 빤했다. 나는 그랑란트 하나 관리하기도 벅차다.

내가 끼어들 경우의 수는 단 한 가지. 슈퍼 포스의 배후에 마구니가 끼어 있을 경우뿐이다. 그렇지 않을 가능성이 9할 이상이지만 마지막 1할 미만을 확인해야지.

"다 왔다."

[진홍 혜성]의 초장거리 워프 항행 기능 덕에 [대지의 전함]이 었다면 1주일 이상 걸렸을 여정을 10분으로 단축했다. 어느새 나는 인류연맹의 공역을 목전에 두고 있었다.

원래대로라면 여기서 인류연맹의 검문을 받아야겠지만 그럴 거라면 그냥 차원문 열어달라고 하고 왔겠지.

나는 [폭군의 정당한 권리행사—음]을 사용해서 존재감을 감추고 [진홍 혜성]의 [하이퍼 이진혁 모드]를 사용했다. 이것으로 갑옷 판정을 받은 [진홍 혜성]째로 모습을 감출 수 있게 된다.

"암행어사라도 된 기분이로군."

내가 왕 본인이니 어사라곤 할 수 없지만, 기분은 그랬다. 유쾌한 기분이 들어 한차례 크크큭 웃은 후, 나는 인류연맹의 공역 안쪽으로 파고들었다.

    *   *   *

사실 이제까지 인류연맹에 대해서 변경의 약소 세력이다, 별 볼 일 없는 세력이다, 그런 말을 자주 들어와서 크게 기대를 하지는 않았었다. 심지어 인류연맹 소속인 크리스티나마저 그런 소릴 입에 달고 살았으니 말이다.

그런데 내가 보기엔 기존의 평판과 실제의 인류연맹은 좀… 뭐랄까…….

달랐다.

"아니, 이건… 큰데?"

인류연맹은 적어도 외부로 보이는 모습만 볼 때는 결코 작지도 않았고 약소 세력도 아니었다. 기존의 평과 내가 직접 본 모습이 너무 달라서 정신이 아찔할 정도였다.

내 식견이 좁다고도 볼 수 없다. 현 세계 최강 세력이라 할 수 있는 교단은 물론이고 만신전, 만마전, 천계까지 갔다 와봤는데, 그들 주류세력과 비교해도 인류연맹은 작다고 볼 수는 없었다.

인류연맹은 대단히 크다고는 볼 수 없는 행성과 그 행성의 위성 두 개를 본거지로 삼고 있었다. 확실히 세력의 근거로 둔 행성의 크기만 보자면 약소세력이 맞을지도 모른다.

하지만 본성으로 여겨지는 행성에는 궤도 엘리베이터가 여럿 설치되어 있었고 엘리베이터마다 우주정거장이 연결되어 있었다.

우주정거장마다 스페이스셔틀이 마치 시내버스인 것처럼 자주 돌아다니고 있었고 그 셔틀은 우주 공간에 둥실둥실 떠다니는 스페이스콜로니로 사람과 물자를 운반했다.

위성들도 완전히 개발되어 투명한 돔에 싸인 거주구마다 건물과 녹지가 가득했고 거기서도 셔틀이 돌아다녀 콜로니와 본성을 연결해 하나의 생활권으로 완성된 것처럼 보였다.

이뿐만이 아니다. 콜로니에 정박된 거대한 우주선은 여느 SF 작품에 나온 이민선을 방불케 했는데, 태양빛을 받기 위해선지 상판을 열어 그 내부를 들여다볼 수 있었다. 그 내부는 완전히 개발된 상업지구를 방불케 할 정도였다. 이 우주선이 한 대도 아니고 여러 대 있었다.

이걸로도 모자랐는지 우주선을 추가로 건조하는 모습이 저쪽에 보였고, 공간이 부족했는지 궤도권에 새로운 스페이스콜로니를 건설하는 모습도 관측할 수 있었다.

군용으로 따로 배정된 것처럼 보이는 콜로니에선 교단의 전함보다도 몇 세대는 발전한 것 같은 전함들이 정박되어 있었고, 훈련 중이기라도 한 듯 전투기처럼 보이는 개인용 포트들이 서로 광선을 발사해 가며 싸움에 여념이 없었다.

이건 21세기의 지구에서도 본 적이 없는 광경이다. 차라리 CG로 도배된 SF 영화에서나 볼 법한 극도로 발전한 문명의 모습이었다.

사실 차지한 행성은 작아도 위성까지 완전히 개발하고 콜로니까지 띄워가며 발전한 걸 보면 세력으로서의 규모는 절대 작다고 볼 수 없으며, 보는 곳마다 사람이 꽉꽉 들어찬 저 인구밀도면 인구수도 장난이 아닐 것이다. 적어도 이제까지 본 어떤 세력보다도 발전된 형태였다.

"이게 어디가 약소 세력이야? 이것들이 사기 쳤네?"

아니, 잘 생각해 보니 인류연맹은 오랫동안 변경에 고립되어 여타 세력과의 교류가 단절된 상태였다. 오래 전, 교단을 적으로 돌린 대가였다.

그래서 인류연맹은 자신들이 약소 세력이라는 오래된 인식을 그대로 갖고 이를 불식시킬 계기를 갖지 못한 채, 오로지 다른 세력을 따라잡기 위해 노력하고 발전시킨 결과물이 바로 이것일지도 모른다는 가설이 문득 떠올랐다.

"아니, 아무리 그래도 이건 좀 심하지 않나."

내가 세운 가설이지만 무리수가 심했다. 나는 머릿속에서 말도 안 되는 가설을 지워 버리곤 조심스럽게 인류연맹의 본성으로 향했다. 나아가는 동안 스페이스셔틀과 접촉 사고를 일으키지 않기 위해 신경을 곤두세워야 했다.

　　　　*　　　　　*　　　　　*

"와, 이거 왜 욕먹었는지 알겠네."

나는 내 소유로 되어 있는 누에보 베르사유의 궁전 앞에서 있었다. 궁전의 모습에 손색은 없었다. 아니, 오히려 사진보다 더 화려했다.

문제는 궁전의 위치였다.

파란 호수를 접하고 푸른 초원이 깔려 있는 고즈넉한 공간 바로 옆에는 높은 인구밀도를 자랑하는 인류연맹의 경제적 수도 격 도시인 뉴이스트 요크(Newest York)가 인접해 있다.

도시에 집중된 인구를 수용하기 위해 지구 시절의 서울 아파트가 장난처럼 느껴질 정도의 고밀도 성냥갑 주택가가 빽빽이 들어섰는데, 바로 옆에 드넓은 초원이 펼쳐져 있고 그게 사유지인 데다 그 목초지의 한가운데에 으리으리한 궁전이 공간 낭비를 대놓고 하면서 떡하니 들어섰으니 시민들 입장에선 화가 안 날래야 안 날 수가 없다.

여론을 두려워해 아무도 매입하지 못하고 있다가 외부인이자 영웅인 나한테 보상으로 넘겨준 이유가 있는 셈이다.

"이거 팔아도 돈 좀 되겠는데?"

입지가 너무너무 좋다. 부지도 꽤 넓어서 일산 같은 신도시처럼 만들면 다들 분양을 못 받아서 안달 날 거다.

"아니, 내가 무슨 생각을."

신치고는 지나치게 속물적인 생각에 빠져 있었음을 자각하고 나는 고개를 저었다. 이런 망상이나 하자고 인류연맹까지 온 게 아니다. 나는 누에보 베르사유를 뒤로하고 뉴이스트 요크 안으로 들어섰다.

인류연맹의 종족 구성은 주로 천사들이었다. 뭐, 키르드가 천사였던 거에서 예상은 하고 있었지만 말이다. 너희가 왜 인류연맹이야? 인류가 아닌데! 그냥 인류 출신 천사인 거겠지, 라고 생각하려니 교단의 천사들도 인류 출신인 건 비슷했다.

어쨌든 다들 천사다 보니 시민들도 비행 능력을 지니고 날아다니고 있었으며, 엘리베이터는커녕 계단조차 없는 12층 집에 풀쩍 날아 들어가 출입하고 있었다.

이런 광경이 이상하게 재밌고 흥미로웠다. 그랑란트에서는 볼 수 없는 광경이었다. 같은 천사 종족 사회인 교단에서도 보기 드문 광경이었지. 거긴 땅이 부족하지 않아서 그런지 고층 빌딩이 많진 않았다. 내가 묵었던 호텔이 좀 높긴 했지만 거기도 엘리베이터 타고 올라갔고.

"그건 그렇고 너무 넓고 북적대서 어딜 가서 뭘 해야 할지

감도 안 잡히는군."

공간이 부족해서 그런지 길은 좁고 사람은 많아 도로마다 사람으로 꽉꽉 찬 건 물론이고 날아다니는 사람들도 많아서 도시를 돌아다니려니 정신이 하나도 없었다.

더욱이 난 지금 [기습 준비 태세]로 투명한 상태라 사람들이 날 피해주질 않았다. 내가 피해 다녀야 했다. 사람과 부딪혀도 난 다치지 않겠지만 그렇다고 불특정 다수 상대로 어깨 빵 하고 다닐 정도로 내가 악한은 아니다.

게다가 그래도 좀 2차원적으로 지도를 그릴 수 있었던 지구나 교단, 그리고 그랑란트와 달리 뉴이스트 요크는 시민들이 전부 비행 능력을 지니고 있다는 걸 전제로 도시를 구성했는지 툭하면 막다른 길이었고, 그럴 때마다 벽을 기어 올라가거나 날아서 뛰어넘어야 했다.

물론 나도 날 수는 있지만 초행인 곳의 길을 3차원으로 파악하려니 피곤해 돌아가시겠다.

"아무래도 내부 조력자가 필요해."

도시를 돌아다니며 시민들 분위기도 파악하고 이러려고 했는데, 환경이 이래서야 글렀다. 나는 당연하게 레벨 업 마스터를 꺼내 크리스티나에게 연락을 취했다.

─네, 폐하!

"도착했다."

나는 짧게 대꾸했다.

─아, 그럼 어디로 마중을 나가면 될까요? 궤도권에 오신 건
가요? 아니면 입국심사대?

"누에보 베르사유."

─예?!

내 대답에 크리스티나가 화들짝 놀랐다.

"그 궁전 있잖아. 내가 연맹으로부터 받은."

─아뇨, 그걸 몰라서가 아니라……. 혹시 밀입국하신 거예
요?

정확했다.

"단어 선택이 다소 불쾌하지만 부정하진 못하겠군. 음? 아
니지? 그러고 보니 이 궁전 주변은 치외법권이라며? 그럼 밀입
국이라 볼 수 없지."

─그, 그렇네요?

나는 그냥 아무렇게나 말한 건데 네가 동의하면 어쩌냐.

"마중까지 나올 필요 없어. 그보다 그 슈퍼 포스란 것들 위
치나 알려줘. 잠깐만 확인하고 도로 나가게."

─차라리 그게 낫겠네요. 그냥 오셨다 가신 걸 아무도 모르
는 게.

이제야 말이 좀 통하는군. 나는 씨익 웃었다.

*   *   *

슈퍼 포스가 양성되는 기관인 슈퍼 포스 하이브는 군용 스페이스콜로니 121번에 위치해 있다고 한다. 121번 콜로니의 위치 또한 좌표로 전해 들은 나는 곧장 [진홍 혜성]을 타고 본성을 빠져나와 그쪽으로 향했다.

121번 콜로니에 도착한 나는 슈퍼 포스 하이브에 잠입했다. 아니, 사실 잠입이라고 할 순 없다. 그냥 대놓고 돌아다녔으니까. 물론 [폭군의 정당한 권리행사—음]을 켠 상태긴 했지만. 그게 뭐 중요하겠는가?

하이브라곤 해도 명칭만 그럴 뿐 벌집이랑은 큰 상관 없는, 그냥 철근콘크리트로 만들어진 구조물이었다. 물론 군사시설인 만큼 보안설비는 다소 신경질적으로 보일 정도로 완비되어 있었지만 말이다.

이 보안설비를 어떻게 뚫었냐면, 그냥 앞사람 따라다니면서 뚫었다. 지문 인식, 홍채 인식, 심지어 항문 인식까지 있었지만 앞사람이 다 뚫어주니 나는 그냥 따라가기만 하면 됐다. 항문 인식을 하는 모습은 솔직히 별로 보고 싶지 않았지만 나로서도 별다른 수가 없었다.

그렇게 하이브 내부에 침투해 무작정 돌아다니던 나는 슈퍼 포스로 보이는 인원 한 명을 발견했다. 어떻게 알았냐고?

가슴에 [슈퍼 포스]라고 쓰인 명찰을 달고 돌아다녔거든. 자기 직업에 대한 자부심을 갖는 건 좋은 일이지.

"음. 음? 으음?!"

그 인원을 대상으로 [폭군의 착취─음]을 써서 몰래 스킬 구성을 들여다보던 나는 위화감이 느껴지는 항목을 하나 발견했다.

"역시. 2%면 뽑을 만한 확률인 거 맞다니까."

나는 씨익 웃었다.

종족: 마구니.

위화감이 느껴지는 항목이란 바로 이거였다.

"잭 제이콥스, 감 좋네!"

손뼉을 치고 웃은 나는 슈퍼 포스의 뒤를 따라다녔다.

"이 한 놈만 마구니일 것 같진 않단 말이지."

이놈을 따라다니다 다른 슈퍼 포스를 만나면 또 [폭군의 착취─음]을 써서 종족치를 확인해 볼 생각이었다.

그런데 그런 내 계산은 틀리고 말았다.

하이브 내부를 한참 돌아다니다 갑자기 멈춰 서서 주변을 두리번거리던 슈퍼 포스는 아무도 보고 있지 않은 걸 확인한 후 조심스럽게 바닥에 손을 가져다 댔다.

그러자 금속 재질의 바닥재가 갑자기 생물처럼 입을 쩍 벌리는 게 아닌가? 슈퍼 포스는 즉시 그 안으로 뛰어 들어갔다.

나도 반사적으로 슈퍼 포스의 뒤를 따라 그 입안으로 뛰어 들었다. 그런데 슈퍼 포스의 몸이 통과하자마자 벌려진 입에서 이빨이 나오더니 콱 닫힌다. 직감은 조용하니 물려봤자 다치진 않겠지만 미행하던 게 들키면 재미없다. 한창 즐기고 있는데 흥이 깨지잖아.

[세계를 혁명하는 힘]

그래서 내가 시간을 멈췄다. 슈퍼 포스보다도 먼저 입속으로 이어지는 통로를 통과한 후 스킬을 풀었다. 소모한 혁명력은 1. 경제적이다.

다시 시간이 움직이며 슈퍼 포스가 내 앞에 떨어져 내렸다. 위로 향하는 통로는 입이 닫힌 후 같이 사라져 버렸다. 돌아가는 길이 막힌 셈이지만 걱정할 건 없다.

여차하면 [폭군의 대역]으로 탈출하면 그만이니. 벽면을 때려 부수고 길을 열어도 되고. 어차피 하이브에 진입하기 직전에 [퀵 세이브]를 해놨으니 [퀵 로드]로 시점을 되감는 것도 방법이다.

그래, 방법은 많다. 그보다는 슈퍼 포스다. 슈퍼 포스는 앞으로 이어진 비밀 통로를 아까보다도 조심스럽게 걷기 시작했다.

"흥미로운데? 두근대는걸!"

오래간만에 동심을 되찾은 것 같은 기분이다. 나는 낄낄 웃으며 슈퍼 포스의 뒤를 따랐다.

Chapter 6

　통로에는 함정이 몇 개 있었고 추가적인 보안설비가 들어서
있었다. 이렇게까지 꽁꽁 숨겨두다니, 대체 여기에 뭘 숨겨둔
건지 관심이 쏠린다.

　마지막으로 열 발가락 전부의 지문을 요구하는 보안장치를
통과하고 나서야, 내가 쫓아온 슈퍼 포스 병사는 목적지에 도
착할 수 있었다. 그 목적지는 한 평도 안 되어 보이는 작고 좁
은 비밀 공간이었는데, 천장도 낮아서 거북이 목을 해서야 겨
우 들어갈 수 있었다.

　그리고 그 비밀 공간 안에는 손바닥만 한 크기의 터치패널

이 달린 통신기가 설치되어 있었다. 여기 있는 건 이게 전부였다.

"어우, 불편해."

슈퍼 포스 병사가 비밀 공간에 들어오고 나서 다시 문을 닫으려고 들었기에, 나는 몸을 접어서 공간 안에 수납되어야 했다.

사람 둘이 들어오기엔 넘치는 공간이었지만 내 솜씨가 몇이냐. 나도 잘 모른다. 999+니 표시도 안 된다. 어쨌든 그 솜씨 능력치를 잘 살려서 슈퍼 포스 병사와 몸이 닿지 않게 잘 접어 넣었다.

"통신보안, 통신보안."

문을 닫고서야 긴장이 풀린 듯 한숨을 내쉰 슈퍼 포스 병사는 통신기를 작동시켰다. 통신기는 금방 작동됐다. 상대의 얼굴이 통신기의 화면에 보였다. 그 얼굴은 어디서 본 것처럼 생겼다. 누구지?

—그래, 통신보안. 337번이로군.

337번? 무슨 뜻이지? 나는 고개를 갸웃거렸지만, 질문을 들은 슈퍼 포스 병사는 미간을 찌푸렸다.

"나는 마라 파피야스다. 337번이라고 부르지 마."

—나도 알아. 나도 마라 파피야스니까.

"너는 326번이지."

―마라 파피야스라니까?

"누가 먼저 시작했지?

―쓸데없는 입씨름은 그만두지.

이들은 내가 이해할 수 없는 말싸움을 시작했다가 멋대로 끝냈다.

그보다 마라 파피야스? 그게 누구지? 잠시 생각한 나는 곧 그 이름을 어디서 들었는지 떠올릴 수 있었다. 분명… [마라 파피야스의 오금뼈]로 처음 들은 이름이다. 로제펠트 합트크누플을 처치하고 마구니 동맹으로부터 현상금조로 받은 아이템.

그런데 둘 다 마라 파피야스라고? 이건 또 무슨 소리지?

아, 그러고 보니. 나는 혼잣말을 입 밖에 낼 뻔했지만 간신히 그러지는 않을 수 있었다. 잭 제이콥스에게서 마구니 동맹의 리더가 마라 파피야스의 분신들이라고 한 적이 있는 것 같다.

그럼 이것들 둘 다 마라 파피야스의 분신인 건가? 분신이라서 둘 다 자신을 마라 파피야스라 여기고 있는 거고?

허참. 이상한 놈들이네.

내가 그렇게 생각하고 있을 때도 두 마라 파피야스? 아니면 분신? 어쨌건 이것들의 대화는 이어지고 있었다.

"답보 상태였던 슈퍼 포스 플랜은 다시 성공적으로 진행되고 있다. 강화액의 조합식에 마라 파피야스의 골수 농도를 높일수록 효과가 좋아지고 있어. 투약자들은 모두 종족 한계를 넘어 성장하고 있다.”

딴 생각하고 있던 나는 337번의 말을 듣고 정신이 번쩍 들었다.

마라 파피야스의 골수를 투약하고 있다고? 이것들이 제 정신인가? [마라 파피야스의 오금뼈]. 그건 뼛가루로 갈아서 코 점막으로 흡수해 효과를 보는 마약성 물질이었다. 오금뼈가 그런데, 골수가 과연 멀쩡할까? 난 아니라고 본다. 그런 걸 슈퍼 포스들에게 투약하고 있는 건가?

당연히 녹음기는 켜놨다. [레벨 업 마스터]의 기능 중 하나였다. 이 음성데이터도 어디다 쓸 일이 생길지도 모른다. 아니, 분명 써먹을 수 있다.

―투약자들이 제대로 마구니로 변태되어 가고 있다는 증거로군.

326번의 말도 흥미로웠다.

마구니로 변태? 사람을 마구니로 바꿀 수 있는 건가? 강화액을 주입하는 것만으로도?

나는 핵심 정보를 제대로 캐냈다는 기쁨보다 이게 함정이 아닐까 하는 걱정이 먼저 들었다. 너무 충격적인 이야기를 들었더니 의심부터 생긴다.

하지만 이들은 모두 진실을 이야기하고 있다. [폭군의 정당한 권리행사]의 옵션 중 하나인 [폭군의 추궁] 패시브 효과가 항시 거짓 간파를 발동하고 있기 때문에 거짓말을 들으면 바로 알 수 있다.

다른 경우의 수라면, 이들이 스스로가 하는 말을 진실이라고 믿고 있기만 한 경우를 들 수 있겠다. 사실은 거짓임에도 이들은 거짓임을 모르는 거지.

"응, 그렇지."

—지나치지 않게 조심해. 그러다 들키겠다.

내가 생각하는 중에도 대화는 이어진다.

"인류연맹의 정권을 잡게 되면 어느 정도는 도를 넘겨도 되겠지. 너희가 잘해줘야 해."

—그러니까 조심하라고. 공작을 완료하기까진 아직 시간이 좀 걸려. 의회를 설득해야 하거든. 만신전이나 천계처럼 계급 사회면 작업이 간단한데. 쯧.

"만약의 경우 쿠데타군을 움직일 생각을 하자면 최대한 강화해 둬야 할 텐데."

—중요한 건 밸런스야. 아슬아슬하게 하라고.

이놈들, 쿠데타까지 생각하고 있었군. 하긴 쿠데타는 직업군인이 정치권력을 손에 넣기 위한 상투 수단이다. 이건 차라리 예상대로라고 봐도 될 정도다.

─어쨌든 타이밍 조절이 중요하니 자주자주 연락하라고.

"그러기가 힘들다니까. 이 세계에서의 나는 너희 생각보다 유명해서 기자들이 따라붙는다고."

슈퍼 포스가 유명인인가? 크리스티나의 이야기를 들어보면 뭐, 유명하긴 한 것 같던데. 아무리 그래도 일개 병사에게 기자가 따라붙는다고 보기는 힘들다.

더욱이 조금 전의 대화. 337번은 본인이 다른 병사에게 마라 파피야스의 골수를 투여하는 것처럼 말하고 있었다. 거기다 쿠데타를 거론하기까지. 병사 계급이 이런 일을 주도하기는 힘들다. 정황상 내가 따라온 인물은 단순한 병사가 아닌 것 같았다.

이 정도면 내가 운이 좋았다고 해야겠지?

─들킨 건 아니겠지?

"하, 들켰으면 이렇게 통신도 못 하고 있었겠지. 오히려 이 통신 때문에 들킬 가능성이 생길 정도라니까?

─그래도 자주자주 연락해. 필요한 일이다.

"알았다. 쯧, 이런 일에 마라 파피야스인 내가 직접 나서야 하다니."

─1번이 직접 내린 명령이니 어쩔 수 없지. 번호 낮은 게 죄다, 죄야.

둘은 사이가 나빠 보이더니 또 금세 의기투합했다. 상사 욕이라도 하는 건가?

내 추측이지만, 아마 번호가 높을수록 마구니들 사이에서 지위가 높은 것 같다. 337번과 326번 정도면 그래도 같은 계급에 군번이 차이가 좀 나는 정도 사이인 것 같고.

잡담을 몇 마디 나눈 후, 337번은 통신기를 껐다. 그리고 심호흡을 한 번 한 후, 비밀 공간에서 다시 나가려 들었다.

좋아, 때가 됐군. 중요한 정보도 어느 정도 손에 넣었고 나 자신도 충분히 즐기기도 했으니 이제 그만 놀아도 될 것 같다.

[폭군의 정당한 권리행사]─[폭군의 지배]

나는 지배급 스킬의 지배 효과를 발동했다. 스킬은 성공적으로 들어갔다. 당연한 일이다. 고작 마구니 끄나풀 하나가 지배급 스킬에 저항할 수 있을 리가 없지.

이놈을 지배해서 마라 파피야스가 뭐고 분신이 뭐며 이것들이 쓰는 숫자, 그리고 사람을 마구니로 바꾸는 게 뭔지 물어봐야겠다.

그렇게 생각하고 있을 때였다.

펑.

"어?"

337번이 없어졌다. 그야말로 바닥으로 꺼졌나 하늘로 솟았나, 완전히 모습을 감췄다.

당황하지 않을 수가 없다. 아니, 지배급 스킬에 저항해서 탈출한 거야? 그게 말이 돼?

나는 반사적으로 [퀵 로드]로 시점을 되감을 준비를 하며 주변을 돌아보았다. 아무도 없었다.

내 직감도 다른 반응이 없이 조용했다. 337번을 처음 만났을 때부터 그랬다. 놈이 내게 조금도 위협이 안 되는 상대란 걸 반대로 알려주고 있었는데…….

내 직감마저 속일 정도로 강력한 존재란 건가? 그런데 그게 가능한 건가?

"…그런 유의 스킬인가?"

이것이 스킬의 효과라면, 337번은 지배급 혹은 그보다도 높은 등급의 스킬을 소유하고 사용한 셈이 된다.

즉, 적은 나보다 강할 수도 있다.

소름이 쫙 돋았다. 긴장으로 식은땀이 맺혔다.

이럴 수가.

"이런 일이!"

위험하다! 직감은 여전히 조용했지만 지금은 그게 더 위협적으로 느껴진다.

"당장 여기서 벗어나야 해!"

만약 적이 나보다 강하다면, 이런 좁은 통로 안에 머무는 건 자살행위다. 통로째로 싸 먹힐 수 있다. 나는 즉시 [폭군의 대역]으로 내 대역을 통로 바깥에 생성한 후, 통로 안에 있는 나를 소멸시켰다. 이로써 나는 통로 바깥으로 빠져나온 셈이 된다.

"음? 이상한데."

나는 그 자리에 머문 채 위화감을 곱씹었다. 적은 내 탈출 시도를 방해하지 않았다. 아직 공격하지도 않았고. 나를 죽일 절호의 찬스였음에도 적은 나를 내버려 두었다.

왜?

"내가 뭔가 착각한 건가?"

확인해 봐야겠다.

[1UP 코인]은 아직 넉넉하다. 지난 전쟁으로 카르마도 벌어 두었다. 나는 목숨 하나쯤은 써도 괜찮으리라는 결론을 내렸다.

"흠."

나는 그 자리에 그대로 주저앉았다. 1분. 5분. 10분. 적의 공격은 닥쳐오지 않았다. 날 방심시킨 후에 잡아먹으려는 시도일 수도 있으나, 그 가능성은 낮아 보였다.

가설이 몇 개 떠오른다. 적은 내 [지배]에만 저항했을 뿐, 여전히 날 탐지 못 하고 있을 가능성이 있다. 아니, 높다. 아니라면 날 비밀 공간에 끌어들이고 일부러 통신 내용을 들려줄 이유가 없다. 비밀 공간으로 이어지는 통로째로 날 잡아먹을 생각이 아니었다면 말이다.

직감이 조용한 이유는 내 직감 능력치를 넘어서는 능력을 갖고 있기 때문이 아니라, 실제로 위험하지 않기 때문일 수도 있다.

아니, 이 가능성은 지워두자. 내게 너무 유리한 해석이다. 게다가 여기서 방심하기엔 이르다. 적이 내 지배에 저항했다는 사실을 잊어선 안 된다.

[폭군의 대역]

나는 다시 한번 스킬을 사용해 슈퍼 포스 하이브에서 빠져나왔다. 미행이 붙는 기색은 없다. 역시 날 탐지 못 한 건가.

"확실하게 해야겠어."

일부러 나서지 않는 거라면 반드시 나서야 하는 상황을 만들어주고야 말겠다. 나는 그렇게 다짐하며 121번 콜로니에서 빠져나왔다.

* * *

나는 [진홍 혜성]을 타고 인류연맹 본성으로 향했다.

"크리스티나."

연락을 할지 말지 잠깐 망설였지만, 크리스티나 말고 내게 도움을 줄 수 있는 상대가 없다. 혹시나 도청이 있을까 조금은 걱정됐지만, 어차피 달리 방법이 없으니 감수하자.

―네, 폐하.

나는 잠깐 침묵했다. 이야기를 어떻게 꺼내야 할지 헤맨 탓이었다. 그러나 나는 곧 생각을 정리하고 입을 열었다.

"지금 인류연맹의 장이 누구지?"

―국무총리죠. 하지만 실권은 별로 없어요. 사실상 인류연맹 최고회의가 대부분의 의결권을 지니고 있다고 봐도 무방하죠. 총리도 최고회의의 일원이구요.

그런가. 인류연맹은 내각제였던 건가. 하지만 내가 아는 내각제랑은 좀 다른 것 같다.

"그래? 그럼 그 최고회의란 데를 가야겠군."

―폐하?!

내가 꺼낸 말에 크리스티나의 목소리가 뒤집어졌다. 그럴 만도 했다. 밀입국으로 인류연맹의 수도에 잠입한 걸 내 입으로 밝힌다는 소리니.

그리고 크리스티나도 이 일의 여파를 받게 될 거다. 그녀가 내게 인류연맹의 위치 좌표를 알려주었으니. 설령 이 사실을

숨긴다고 하더라도 어쨌든 내 담당은 그녀니 어떤 방식으로든
책임을 져야 하게 될 터였다.

그럼에도 불구하고 그래야 할 이유가 있었다.

물론 내 지배급 스킬에 저항하고 아직까지도 모습을 드러
내지 않는 마구니를 끌어내기 위함인 것도 있었다. 그러나 이
건 내가 나설 이유의 일부에 지나지 않는다.

"슈퍼 포스들의 쿠데타 모의를 들었어. 배후는 마구니다."

―폐, 폐하……! 그, 그건 어떻게…….

크리스티나가 경악했지만 나올 질문을 이미 예측한 나는
그녀의 말을 자르고 대구해 줬다.

"어떻게 알았냐니. 네가 내게 슈퍼 포스 하이브의 위치를
알려줬잖아."

―이렇게 빨리요? 제가 언제 알려 드렸는데요!

음? 그러고 보니 언제지? 내가 고개를 갸웃거리자 크리스티
나가 답답한 듯 외쳤다.

―한 시간도 안 됐어요. 게다가 하이브는 지금 인류연맹 최
고 수준의 보안을 자랑하는 시설인데……!

"어쨌든 알게 됐어. 증거도 찾았지. 지금 데이터를 복사해서
보내줄게."

나는 [레벨 업 마스터]로 녹음한 데이터를 크리스티나에게
바로 발송해 줬다. 크리스티나가 그걸 틀어서 들어보더니 눈

을 크게 떴다.

─슈퍼 포스 캡틴인 로터스 스트로하임 씨 목소리잖아요?

"응. 명찰에 이름 써 있더라."

나는 모르는 사람이라 그냥 인지도 안 하고 넘어갔지만 말이다. 그보다는 337번이라는 번호가 더욱 진하게 남아 있기도 하고.

─로터스 스트로하임이 마라 파피야스의 분신이었다니……. 솔직히 믿어지지 않는군요.

"로터스란 놈이 그렇게 유명한 놈이야?"

크리스티나는 한 번 한숨을 내쉰 후에나 이어 설명했다.

─네. 이 사람은 최고회의의 의원이자 3대 가문의 일원인데, 그럴 필요가 없음에도 슈퍼 포스 플랜에 자원해서 노블레스 오블리주를 실천하신 분이에요.

내가 생각했던 것보다 훨씬 거물이었군.

─아니, 이제 높여서 부르면 안 되겠군요. 그 자식이라고 해야… 겠네요.

크리스티나는 이를 갈며 로터스에 대한 호칭을 고쳤다.

─하지만 좋지 않네요. 너무 거물이라 저 혼자 힘으로는 어떻게 해도 안 될 거예요.

크리스티나의 말을 듣고 나는 조금 놀랐다. 본인의 육성 데이터가 있는데도 이빨이 안 박힌단 말인가?

─그래도 방법은 있어요. 슈퍼 포스를 공격하는 형식으로 둘러 가면 어떻게든……

337번, 로터스 스트로하임은 그냥 내버려 두고 팔다리만 자르겠다는 건가? 그게 되나? 말하는 크리스티나의 표정에서도 별로 자신감이라는 걸 찾아볼 수가 없었다.

이거 안 되겠군.

"크리스티나."

잠깐 생각한 후, 나는 크리스티나의 이름을 불렀다.

─네, 폐하.

"내가 직접 나서면 조금이라도 가능성이 생기나?"

나는 결심을 굳혔다.

아무래도 직접 개입해야겠다, 고.

　　　　*　　　　　*　　　　　*

내가 만신전과 천계를 배후에서 조종한 마구니 동맹이 괘씸해서 박멸하려고 인류연맹까지 오긴 했지만, 사실 이쯤 해서 마무리해도 될 일이다.

인류연맹이 자신들의 세력에 스며든 마구니의 존재를 파악하고 제거하려고 애쓰는 이상, 마구니들이 이 세력을 휘어잡는 일은 없을 테니까.

그러니 향후의 위험 요소를 제거한다는 명목으로 볼 때, 내 일은 여기서 끝난 셈이다.

마구니들을 세력에서 발본색원하는 건 인류연맹 소속원의 몫이다. 성공해서 마구니들에게서 세력을 지키든, 실패해서 쿠데타와 내전 속에 멸망의 길로 들어서든, 그것은 이들의 몫이다.

나는 이제 더 이상 스스로를 인류연맹 소속이라고 생각하지 않는다. 아니, 애초에 그렇게 생각했던 적이 있었던가? 아예 없었던 것 같기도 하다.

그러니 나의 일이 아니다.

그럼에도 불구하고 내가 끼어들겠다고 한 데는 이유가 있다.

인류연맹은 내가 가장 약할 때, 그리고 어려울 때 내게 도움을 준 세력이다.

[레벨 업 마스터]가 없었더라면 막 튜토리얼 세계에서 나와 아무것도 모르고 연고도 없던 나는 그랑란트에서 드워프들과 빵을 다 나눠 먹은 후 먹을 게 다 떨어지면 바위 밑의 벌레를 주워 먹거나 오줌 냄새 나는 물을 마셔야 했을지도 모른다.

어쩌면 필드 보스에게 도전했다가 죽었을 수도 있고, 그 뒤에 찾아올 인퀴지터에게 죽었을 수도 있다. 필드 보스야 그렇다 치지만, 과연 인류연맹과 크리스티나, 링링, 주리 리의 도움

없이 교단의 인퀴지터를 물리칠 수 있었을까? 그 가능성은 그리 높지 않았으리라. [레벨 업 마스터]가 없었더라면 나는 전직도 못 했을 테고, 스킬도 제대로 수급하지 못했을 테니 말이다.

인류연맹산 짜장면을 먹고 펑펑 울던 게 아직도 기억난다. 그건 내 부끄러운 기억이기도 했지만, 단순히 부끄럽다고 어디다 치워 버릴 기억이지도 않다.

그래, 나는 인류연맹 덕에 살아남았다.

그럼에도 불구하고 나는 별로 인류연맹을 상대로 빚을 졌다고 생각하고 있지는 않다.

단순히 내가 퀘스트를 수행하고 그 대가를 받아 챙겼다고 이런 소릴 하는 게 아니다. 내 존재로 인해 인류연맹은 몇 번의 위기를 벗어났고, 오랜 숙적이었던 교단과의 종전 선언도 할 수 있었다. 내가 일부러 한 게 아니라 인류연맹이 내 존재를 잘 이용한 결과물이긴 했어도 그건 나도 같다. 나도 인류연맹과 교단의 전쟁 상황을 이용해 전공으로 보상을 받아 내 성장에 보태 썼으니까.

나와 인류연맹의 관계는 은원의 관계가 아니라 서로의 존재가 서로에게 도움이 되는 상호보완적인 관계라고 할 수 있겠다. 간단히 줄여서 비즈니스 관계. 굳이 정 따위를 개입하지 않아도 되는, 그런 쿨한 관계라고 나는 생각하고 있었다.

그러나 막상 인류연맹의 붕괴 위기를 눈앞에서 보니 기분이 다르다.

붕괴 위기라는 게 호들갑스러운 표현인 건 아니다. 지금 인류연맹에 파고든 적은 성장 한계를 뛰어넘은 슈퍼 포스를 거느리고 있다. 그리고 내 지배를 거부하고 사라진 337번, 루터스 스트로하임의 존재도 빼놓을 수 없지. 놈의 영향력을 이용하면 인류연맹 3대 가문 중 하나에도 충분히 입김을 불어넣을 수 있다.

내가 찾아낸 것은 이것뿐이지만, 드러난 것은 빙산의 일각일 수도 있다. 지금 이 시점에서 이미 쿠데타를 준비하고 있으며, 그 목적으로 사회 곳곳에 마구니의 앞잡이를 심어놓았을 가능성도 다분하다.

이대로 두면 정말로 인류연맹이라는 세력이 반으로 뚝 쪼개지는 게 차라리 다행일 상황이 벌어질 수도 있겠다 싶었다.

나는 이 세력의 종말을 목격한 것일지도 모른다.

이런 생각을 한번 하기 시작하고 나니, 이대로 이 세력을 방치하고 떠나선 안 된다는 마음이 강해졌다. 나는 아무것도 안 하고 인류연맹이 내부로부터 무너져 내리는 꼴을 그냥 지켜보기만 할 수는 없었다.

그렇기에 나는 여기서 손을 떼지 않기로 결정했다.

설령 내가 이 일에 끼어듦으로써 내게 어떤 불이익이 발생

한다 하더라도 말이다.

─폐, 폐하. 하지만…….

크리스티나는 말까지 더듬으며 고개를 저었다. 그런 그녀에게 나는 다소 유머스럽게 대꾸했다.

"뭐야, 내정간섭이라 그만두어야 하나?"

─…아뇨, 폐하께오선 인류연맹의 영웅왕 폐하십니다. 그 누구도 내정간섭이라고 여기지 않을 것입니다.

나는 내가 인류연맹 소속이 아니라고 생각하는데, 크리스티나는 반대로 생각하는 모양이다. 말투까지 바꿔가며 진지하게 대답하는 걸 보니 그렇다.

"크리스티나, 솔직하게 대답해 줘. 최고회의는 내 발언을 얼마나 믿어줄까?"

내가 그냥 왕의 칭호만 가진 광대가 아니라면 어느 정도는 내 말을 들어주겠지?

그렇게 생각은 하고 있었지만 고발하려는 상대가 내 생각보다 훨씬 거물이니 나로서도 불안을 품지 않을 수가 없었다.

─아무리 영웅왕 폐하께오서 입헌군주라 할지라도 인류연맹에는 폐하를 존경하지 않는 이가 드뭅니다.

듣기엔 좋은 말이지만 행간을 읽어야 한다. 드물다는 말은 곧 아주 없지는 않다는 뜻이기도 하다. 더욱이 크리스티나는 인류연맹이라고 했지, 최고회의라 하지는 않았다. 그러니 날

존경하지 않는, 혹은 날 싫어하는 놈들이 최고회의에 특히 몰려 있을 것 같은 느낌이다.

어쩌면 또 다른 마라 파피야스의 분신이 그 최고회의에 있을지도 모르고.

만약 이러한 내 생각이 맞는다면 최고회의는 마굴이다.

하지만 안 들어갈 수 없는 마굴이지.

나는 각오를 다졌다.

"그렇군. 알았어. 그렇다면 최고회의로 날 안내해 줘. 발언권이 필요해. 준비해 줄 수 있어?"

─아주 오래간만에 제가 제대로 일할 수 있는 기회를 얻었군요. 맡겨만 주십시오, 폐하.

크리스티나의 자신만만한 대답이 조금쯤은 불안을 희석시켜 주었다.

*　　　　*　　　　*

최고회의는 인류연맹의 공식적 수도인 뉴 오타와 도심에 세워진 최고 의사당이라는 건물에서 열린다고 한다. 뉴 오타와라니, 이거 또 지구가 생각나는 지명이로군. 뭐, 뉴이스트 요크를 이미 들러오는 길이니 딱히 이상하게 느껴지지는 않는다.

나는 크리스티나로부터 전송받은 지도를 통해 뉴 오타와의 최고 의사당으로 향했다.

최고 의사당의 모습은 정면에서 보면 고대 그리스의 헬레니즘 양식이 떠오르는 석재 건물이었는데, 상공에서 보면 마치 팔각정을 연상시키는 모습으로 조형되어 보는 이로 하여금 기묘한 감상에 젖게 만들고 있었다.

"이놈들, 지구 너무 좋아하는 거 아니야?"

이런 감상 말이다.

뭐, 나만 이런 감상을 느끼는 걸지도 모르겠지만. 이 세상에서 나한테 가장 중요한 의견은 내 의견이다. 다른 사람은 다른 감상을 느끼든 말든 나와는 크게 상관없는 일이다.

"후……."

불멸자가 된 이제는 할 필요도 없는 심호흡을 한 번 하고, 나는 최고 의사당을 향해 걸었다.

여기가 바로 크리스티나와의 약속 장소였다. 말할 것도 없이, 크리스티나와 직접 만나는 건 이번이 처음이다. 이제까지는 [레벨 업 마스터]의 손바닥만 한 화면으로만 봤었지.

이상하게 최고회의에 참석하는 거보다 크리스티나와의 만남이 더 긴장되는 이유가 무얼까?

"아, 폐하! 폐—하—!!"

저쪽에서 익숙한 모습의 여자가 달려왔다. 크리스티나였다. 손바닥만 한 화면으로 본 거랑 똑같은 모습이다. 직접 본 건 처음인데도 이렇게까지 익숙하다니. 나는 긴장감을 품은 스스로가 바보처럼 느껴지고 말았다.

"처음 뵙겠습니다, 폐하! 직접 뵙는 것은요! 헤헤!!"

가까이 다가선 크리스티나의 모습은 천사같이 아름다웠다.

그야 천사니까.

저렇게 아름다운데도 가슴의 떨림이 조금도 느껴지지 않는다는 점에서……. 뭐 이건 됐고.

"그래, 크리스티나. 이렇게 보는 건 처음이군."

"네, 폐하! 직접 보니 훨씬 아름다우시네요!"

하지만 크리스티나는 나와는 감상이 다른 듯했다. 상기된 얼굴로 그녀는 내 미모를 칭찬했다.

다른 형용사 놔두고 굳이 아름답다는 형용사를 쓴 건 뭐 그냥 넘어가자. 이제 익숙해질 때도 됐다.

"뭐, 그렇지."

매력이 999+니까. 이런 말을 굳이 덧붙이지는 않았다. 아무 의미도 없으니까.

"그보다 준비는?"

"다 됐어요! 가서 말씀만 하시면 돼요!!"

크리스티나는 꽤 흥분한 상태였다. 얼굴은 발그레 물들었으며 목소리가 높고 컸다. 나를 직접 봐서 흥분한 건지, 아니면 앞으로 일어날 일을 상상하느라 이런 건지. 어쩌면 둘 다일 수도 있겠다. 나는 어느 쪽인지 묻지 않았다.

"좋아. 그럼 가자."

"네!!"

나는 크리스티나의 인도에 따라 최고 의사당의 최고회의장으로 향했다.

＊　　　＊　　　＊

인류연맹 최고회의의 최고회의장은 최고 의사당의 수십 미터 지하에 자리 잡고 있었다. 지상의 시설이 정자처럼 확 트여 있는 시점에서 회의장이 지상은 아니리란 걸 알 순 있었지만 설마 이렇게까지 아래로 기어 내려가야 할 줄이야.

"벙커를 겸한다고 보시면 돼요. 회의 중에 폭격이라도 당하면 인류연맹의 수뇌부가 모조리 증발하는 셈이니까요."

아까보다 조금은 흥분이 가라앉은 목소리로 크리스티나가 내게 이렇게 설명해 주었다. 납득이 가는 설명이었다.

"최고 의원들에게 내가 온다고 언급했나?"

"아뇨. 그러지는 않았어요. 그냥 모여달라고 했을 뿐이죠."

회의장을 향해 함께 걸으며 물어봤더니, 크리스티나는 미소 지으며 대답했다. 그런 그녀의 모습이 마치 칭찬을 바라며 꼬리를 흔드는 코볼트 같았다. 크리스티나는 천사인데 말이다.

아무튼 이래서야 칭찬을 안 할 도리가 없다.

"잘했다."

"헤헤."

크리스티나의 실존하지 않는 꼬리의 움직임이 2배로 빨라졌다. 적어도 내게는 그렇게 느껴졌다.

"그런데도 사람들이 모였나?"

"말씀드렸잖아요. 인류연맹에서 저는 폐하의 대리인이나 마찬가지예요. 최고회의에서 저는 폐하께서 모이라고 하신 것에 준하는 발언권을 가지죠. 그러니 모여 있을 거예요."

그만큼 폐하의 위상이 대단하다니까요, 하고 크리스티나는 자랑스럽게 말을 맺었다.

이렇게까지 큰소리를 쳤는데 아무도 안 왔으면 좀 재미있었을지도 모르겠는데. 나는 그런 뒤틀린 기대감을 지닌 채 크리스티나의 뒤를 따라 최고회의장으로 향했다.

하지만 상황은 내가 예상한 것과는 정반대였다. 최고회의장은 최고 의원들로 가득 차 있었다. 빈자리가 없었다. 딱 두 자리만 제외하고. 한 자리는 크리스티나의 자리일 거고, 다른 한 자리는 매우 높은 확률로… 로터스 스트로하임의 자리겠지.

"보셨죠?"

"응, 그렇군."

나는 자부심에 가득 찬 크리스티나의 말에 대충 대꾸했다. 그녀에겐 좀 미안한 감정도 느껴졌다. 왜냐하면 이제부터 내가 벌일 일은 소위 말하는 깽판이었기 때문이다.

"자, 그럼. 시작해 볼까?"

[세계를 혁명하는 힘]!

내가 시간을 멈췄다.

최고 의원의 숫자는 36명. 의회의 인원으로는 다소 적은 것처럼도 느껴지지만 내겐 다행한 일이었다.

왜냐하면 이제부터 나는 의원들을 상대로 착취를 걸 생각이기 때문이다.

[폭군의 착취―음]

더 정확히는 착취의 부가 효과인 대상의 능력치와 스킬셋, 특성 등을 훔쳐보는 기능을 이용하려는 거였다.

지금 내가 들여다볼 것은 종족값이었다. 겉보기에 최고 의원들은 모조리 천사였지만, 이들 중 종족값에 마구니가 섞여있는 놈이 있을 수도 있었다. 그런 놈이 있다면 그놈이 바로 적이다.

나는 주의 깊게 최고 의원들을 관찰했다.

직감에 반응이 없는 걸 보면 이들 중 누구도 내게 위협적인 적은 아니었지만, 337번이라는 변수를 이미 한 번 목격한 이상 직감만 믿고 방심할 수는 없다.

혹시나 지배에 저항한 것처럼 적이 [세계를 혁명하는 힘]을 거스르고 멈춰진 시간 속에 개입해 올 가능성도 염두에 두었지만, 다행인지 뭔지 그런 일은 없었다.

하지만 그건 불행 중 다행에 불과했다.

"열두 명, 인가."

최고회의를 구성하는 의원 서른여섯 명 중 열두 명의 종족 값에서 마구니가 검출되었다.

1/3. 과반이 아닌 걸 다행으로 여겨야 하나. 그렇다고 이 숫자가 적다고는 볼 수 없다. 인류연맹이라는 세력이 마구니에 얼마나 잠식되었는지를 보여주는 명백한 지표다.

자, 이로써 깽판을 칠 근거가 마련되었다.

*　　　　*　　　　*

나는 [세계를 혁명하는 힘]을 거두고 다시 시간을 움직였다. 그러자 최고 의원들이 크리스티나와 내 쪽으로 고개를 돌렸다.

우리가 나눈 잡담으로 우리의 입장을 한 타이밍 늦게 알아챈 모양새다.

"크리스티나 경, 늦으셨구려. 경께서 이 회의를 소집하신 걸로 아는데."

깐깐해 보이는 인상의 노인 의원이 크리스티나를 대놓고 타박했다. 참고로 저 노인은 마구니가 아니다. 그냥 인상대로 깐깐할 뿐이겠지.

그런 그의 타박에 크리스티나는 허리를 살짝 숙여 사죄하면서 한 발 물러나 내게 의원들의 시야가 모이게끔 했다.

"늦어서 죄송합니다. 그보다 소개드릴 분이 계세요."

크리스티나의 사죄는 엄밀히 말해 약간 부적절한 면이 있었다. 사죄보다 중요한 게 있다는 식의 말을 듣고 화가 나지 않을 이는 드물다. 그럼에도 불구하고 노인은, 그리고 다른 의원들은 화를 내지 않았다. 오히려 어떤 기대에 찬 눈빛을 내게 던지기도 했다.

"영웅왕 이진혁 폐하십니다."

아마도 크리스티나의 입에서 이런 소개말이 나올 수도 있다는 것을 염두에 뒀기 때문이리라.

"영웅왕!"

"이진혁······!"

"···폐하!!"

덜컥, 덜컥. 지금까지 무게를 잡고 착석해 있던 의원들이 일제히 일어났다.

놀라는 건 다 같았지만 표정은 각양각색이었다. 날 반기는 의원이 있는가 하면, 미간이 살짝 찌부러진 의원도 있었다. 기이한 건 종족값에 마구니가 낀 의원 대다수는 날 반겼다는 거였다. 왜지? 그건 이제부터 알아봐야지.

땅땅땅.

회의장이 막 소란스러워지려던 그때, 나무망치가 나무판을 두들기는 소리가 들렸다.

"정숙, 그리고 착석하여 주십시오."

아무래도 방금 망치를 두들긴 저 남자가 이 회의의 의장인 것 같았다. 의원들은 그의 말에 따라 하나둘씩 착석했다. 입은 아무도 열지 않았다.

"이 회의를 긴급히 개최하게 된 이유를 뒤늦게 말씀드리게 되어 죄송하게 생각합니다. 영웅왕 폐하께옵서 연맹에 내방을 하신 사실을 기밀에 붙여야 했기에 피치 못하게 사후 보고 형식을 취하게 되었습니다."

대신 입을 연 것은 크리스티나였다.

의장은 크리스티나의 말에 대답하지 않았다. 대신 이렇게 말했다.

"문을 닫아주십시오."

그러자 회의장의 문이 소리 없이, 하지만 굳건히 닫혔다. 자동문인가? 바깥에서 보아온 인류연맹의 기술력을 생각하면 크게 놀랄 일은 아니다.

문이 완전히 닫힌 후, 의장은 나무망치를 세 차례 두들긴 후 선언했다.

"회의를 시작하겠습니다."

흐음, 보아하니 아무래도 아무도 내가 시간을 멈췄고 [폭군의 착취]를 발동했었다는 걸 인지하지 못하고 있는 것 같았다. 뭐, 섣불리 단정 지을 일은 아니지만 말이다.

"먼저 영웅왕 폐하께 문안 인사 올리겠나이다."

의장이 그렇게 말하자, 다른 의원들도 내게 고개를 숙여 보였다.

"언젠가 이런 날이 올 거란 걸 예상하고 있었습니다만, 오늘이 그날이 되리라곤 생각하지 못했습니다. 만나 뵙게 되어 영광입니다, 영웅왕 폐하."

꽤나 험한 인상의 의원이 손을 들어 발언권을 얻더니 자리에서 일어나 내게 말을 걸었다. 그가 허리를 숙이자 주변의 다른 이들도 함께 허리를 숙이는 걸 보니 꽤 권세가 있어 보이는 양반이다.

"리브드 하워드라 합니다."

"하워드?"

어디서 들어본 성이다. 분명 키르드의 옛 성이 그랬지.

키르드. 내 양자다. 로제펠트에 의해 납치되어 제물로 쓰이려던 걸 내가 구출해 거뒀다. 하워드 가문은 키르드의 납치를 방관했고 납치당한 후에도 구출에 신경을 쓰지 않았다. 아니, 로제펠트의 손을 빌어 묻으려 든 거나 마찬가지다.

이러니 내가 하워드의 이름을 듣고 좋은 반응이 나갈 리 없다.

내 표정을 보고 무슨 착각을 한 건지 리브드는 험악한 얼굴에 어울리지 않는 부드러운 미소를 지으며 첨언했다.

"키르드의 삼촌입니다."

"아아."

그러고 보니 하워드 가문은 인류연맹 3대 가문 중 하나라고 했던가. 최고회의에 참가해도 이상하지 않은 이름값이었다.

리브드 하워드는 키르드와의 연줄을 대고 나의 호감을 샀다고 생각하는 모양인지 온순하게 웃고 있었다. 우리 키르드는 안 웃어도 천사 같은데 저 삼촌이라는 양반은 웃어도 만마전의 악마 같군.

어쨌든 하워드에 대한 일은 나중으로 미루자. 결정권을 키르드에게 주고 싶기도 하고. 그런 내심을 숨기며 나는 리브드 하워드를 향해 고개를 끄덕여 주었다.

"그런데 폐하께오선 어찌하여 인류연맹에 계시는지?"

리브드는 내가 왜 밀입국까지 한 주제에 인류연맹 최고회의장에 바로 모습을 드러냈는지 궁금한 모양이다. 그렇다면 알려 드려야지.

"크리스티나."

내 나지막한 부름에 크리스티나는 바로 반응했다. 그녀는 자신이 가져온 디바이스에서 내가 녹음한 음성을 재생했다.

—답보 상태였던 슈퍼 포스 플랜은 다시 성공적으로 진행되고 있다. 강화액의 조합식에 마라 파피야스의 골수 농도를 높일수록 효과가 좋아지고 있어. 투약자들은 모두 종족 한계를 넘어 성장하고 있다.

크리스티나가 로터스 스트로하임이라 지칭했던 자의 목소리가 최고회의장에 울려 퍼졌다.

동시에 마구니 의원들의 낯빛이 새하�‌얘졌다. 이것 참, 볼만하군. 날 보고도 밝은 표정을 짓고 있던 걸로 봐서 내가 슈퍼 포스 하이브에 잠입했던 사실을 전달받지는 못했다는 걸 예상했었는데, 그 예상이 그대로 들어맞은 모양이다.

내가 하이브에 머문 시간이 꽤 됐음에도 정보 공유가 안 됐다는 건 어떻게 해석해야 할까?

—만약의 경우 쿠데타군을 움직일 생각을 하자면 최대한 강화해 둬야 할 텐데.

지금도 음성데이터는 계속 재생되고 있다. 놈들이 쿠데타를 입에 올린 부분까지 재생됐나. 여기까지 오니 마구니 의원 뿐만 아니라 다른 의원들도 얼굴에 핏기가 가셨다.

"이걸로 질문에 대한 대답은 된 것 같군, 리브드 하워드."

말투를 어떻게 해야 할지 잠깐 고민했다가, 어차피 깽판 쳐야 될 거란 생각에 그냥 반말 치기로 했다. 그러나 내게 무례를 성토하는 여론은 없었다. 전무했다. 폭탄이 떨어졌는데 예의고 뭐고 있겠는가.

"폐, 폐하! 이, 이건……!!"

"내 설명이 필요한가?"

내 되물음에 리브드 하워드는 고개를 저었다. 아니라고 표현한 게 아니라, 지나친 패닉으로 판단력이 떨어져 자기도 모르게 이러는 것 같았다.

"로터스 스트로하임! 이건 로터스 의원의 목소리야!!"

"로터스 의원! 어디 있나?!"

"여기 없습니다!!"

회의장은 순식간에 아수라장이 됐다. 그런데 지금 크게 외친 세 사람 모두 마구니다. 이왕 일이 틀어진 거, 로터스 의원을 공격하는 쪽으로 돌아서서 자신은 발을 뺄 생각인가. 좋은 판단이다. 만약 내게 마구니를 감지하는 능력이 없었더라면 그랬다는 소리다.

"정숙! 정숙하여 주십시오."

딱 좋은 때에 의장이 끼어들었다. 마음에 드는 진행 능력이다. 주변이 적당히 조용해졌다 싶을 때, 나는 입을 열었다.

"들으신 바대로 마구니들은 사람을 마구니로 만드는 능력이 있습니다."

모두의 시선이 내게 모였다. 나는 그들에게 윙크를 해주었다.

"그리고 저는 그 마구니를 잡으러 왔고요."

자, 이 국면에서까지 정체를 드러내지 않을 거냐? 나는 적당히 긴장을 유지한 채 의원들을 노려보았다. 물론 마구니가 낀 의원들을 상대로 말이다. 내 시선을 받은 그들은 움찔했지만 딱히 어떤 액션을 취해오지는 않았다.

그럼 쳐야지, 깽판.

[폭군의 대역]!

마침 생성할 수 있는 대역의 숫자도 열둘! 딱 맞는군. 나는 열둘의 분신들을 조종해 의원들을 덮쳤다.

"이 무슨!"

"신성한 최고 의사당에서 최고 의원을 상대로 스킬이라니!"

"폐하! 이는 선을 넘은 행위오이다!"

의원들이 경악하여 외쳤다. 마구니인 의원들은 이미 내게 제압당했기에 다른 의원들이 나섰다. 그런다고 내가 멈출 것 같아? 나는 씨익 한 번 웃어주곤 곧장 다음 스킬을 사용했다.

[폭군의 착취]!

열두 의원에게 착취를 쓴 나는 그들에게서 마구니 종족을 착취해 낸 후 [티켓 발행인] 특성으로 [마구니 종족 티켓]을 뽑아냈다.

이걸로 체크메이트다. 내겐 약간 의외의 결과였다. 마라 파피야스의 337번째 분신, 로터스 스트로하임이 이 결정적인 상황에서까지 모습을 드러내지 않다니.

뭐, 됐다.

"그대들의 머리에 낀 마구니를 내가 제거하였소!"

나는 분신을 회수하고 티켓을 들어 올리며 외쳤다.

"폐하, 그것이 무슨······."

다른 의원들은 여전히 당혹해하는 반응을 보였으나, 직접적으로 내게 마구니를 제거당한 의원들의 반응은 달랐다.

"성은이 망극하여이다, 폐하."

눈치 빠른 누군가 한 명이 재빨리 그렇게 외치자, 망연히 주변을 둘러보던 다른 마구니가 꼈던 의원들도 그를 따라 입을 모아 외쳤다.

"성은이 망극하여이다, 폐하!"

그런 그들의 반응에 나는 헛웃음을 흘리지 않을 수 없었다. 누가 정치질의 달인이자 정세에 민감한 의원들 아니랄까봐.

이미 로터스 의원의 음성데이터가 공개된 이상, 연맹 내부에 대대적인 감사가 이뤄질 건 쉬이 예측할 수 있는 일이다. 그리고 마구니가 꼈던 의원들은 그동안 마구니 동맹을 위해 일했었고, 조심이야 했겠지만 자신들도 모르게 증거를 남겼을지도 모른다.

그 책임을 면제받기 위해서는 마구니 탓을 하는 게 가장 빠르다. 내가 마구니를 제거해 준 것에 대해 감사를 표함으로써, 이 모든 게 마구니 탓에 저질렀다고 어필하려는 속셈이리라.

그렇다고 내가 이 반응을 예측한 건 아니었다.

내가 하려던 건 내 특성, [티켓 발행인]에 대해 설명하고 저들의 종족값에 끼어들어 있던 마구니를 제거하였음을 어필하려고 했었다. 그래도 화를 내거나 이해하지 못하면 뭐, 그냥내가 인류연맹에 졌던 빚을 갚은 셈 치고 영웅왕의 지위를 내려놓으려고 했고.

그런데 저들이 눈치 빠르게 행동해 줬으니 나로서도 행동하기가 편해진 셈이다.

"최고 의원님들에게 끼어 있던 마구니는 제가 제거했습니다만 이게 전부는 아닐 겁니다."

깽판은 다 쳤으니 이제는 높임말을 쓰자. 나는 얄팍하게 생
각하며 입을 열었다.

"방금 크리스티나가 틀어드렸던 음성을 들으셨으니 아실 테
지만, 슈퍼 포스 강화액에 사람을 마구니로 바꾸는 마라 파피
야스의 골수가 포함되어 있다고 하니까요. 최악의 경우 모든
슈퍼 포스들이 마구니가 되었을 가능성이 있습니다."

"최악의 경우가 아닙니다."

누군가가 말했다. 마구니가 끼었던 의원이다. 종족값에서
마구니가 제거되었을 뿐, 기억을 잃은 건 아니니 정보를 갖고
있는 게 당연했다. 나는 그에게 시선을 주어 계속 말해달라는
신호를 보냈다. 그러자 그 의원이 다른 사람에게 발언권을 뺏
길까 싶었던지 급히 이어 말했다.

"슈퍼 포스 플랜은 이미 마구니들의 손에 넘어간 후입니다.
마라 파피야스의 분신들이 직접 개입했을 정도로 공을 들이
고 있는 계획이지요. 강화된 슈퍼 포스들은 모두 마구니라 봐
도 무방할 겁니다."

"그렇다면……."

쿵……!

내가 말을 마치기 전에 큰 진동이 느껴졌다. 그리고 직감이
반응했다.

"지진?"

"지진이 아닙니다. 인류연맹은 지진을 완전히 예방하는 기술을 손에 넣었습니다!"

누군가의 읊조림에 다른 누군가가 억울한 듯 외쳤다.

쿠구궁……!!

"그럼 적이겠군."

나는 긴 한숨을 뽑아내었다. 적이 노린 게 이거라면 아주 잘 노렸다. 지하 벙커. 이런 곳에서 [진홍 혜성]을 꺼낼 순 없다. 백병전을 강요당한다. 물론 나는 백병전에도 자신이 있지만 최고 의원들은 과연 어떨까? 누군가를 지키면서 싸우는 건 그냥 싸우는 것보다 세 배는 힘들다.

"쿠데타!"

한 타이밍 늦게 누군가 외쳤다. 회의장이 삽시간에 웅성거림으로 가득 찼다.

땅땅땅!

그때, 누군가가 나무망치를 거세게 내려쳐 소릴 냈다. 의장이었다. 좌중의 시선을 자신에게 집중시킨 그는 망치를 내려놓고 인벤토리에서 검을 빼어 들며 말했다.

"전투준비. 임전 태세를 취해주십시오."

촤차차창.

의장의 말을 들은 최고 의원들이 모두 검을 뽑아 들었다.

심지어 저 크리스티나마저 말이다. 정치가와 군인이 철저히 분리된 사회에서 살아온 나로선 생경한 광경이었다.

"하핫⋯⋯!"

나는 유쾌함을 느껴 웃음을 터뜨렸다. 그리고 나도 인벤토리에서 [이진혁의 홀]을 뽑아 들었다. 전투준비, 임전 태세다.

"선두는 내가 맡겠다. 이의 있나?"

다시 높임말을 때려치우고, 나는 선언했다.

"폐하를 따르게 되어 영광입니다."

의장이 대표해 말했다. 다른 이의는 나오지 않았다.

Chapter 7

최고 의사당의 건물 내구도는 상당한 편이나, 적들 또한 그걸 잘 알고 있다. 그럼에도 지속적인 타격을 가해오는 이유는 이 건물을 무너뜨릴 방법을 알고 있고 수단을 갖고 있으리란 결론에 이르렀다.

지하 벙커인 최고 회의장에 머물러 있다가 건물 붕괴로 갇히는 건 좋지 않다. 이 중에 완전히 물과 음식, 그리고 산소를 필요로 하지 않는 온전한 불멸자는 나뿐이다.

물론 보급 자체야 통신 디바이스를 통한 거래로 할 수 있다지만 최고 의원들이 움직이지 못하고 갇혀 버린다는 게 문제다. 적들은 의원들을 움직이지 못하게 하고 쿠데타를 성립시키려 할 가능성이 컸다.

그러니 여기서 나가야 한다는 방향성은 금방 정해졌다. 선두에 내가 선다는 건 가장 먼저 정해진 일이었고. 그러나 나는 의사당 내부의 길을 잘 모르니, 내 옆에 크리스티나가 붙어 안내를 맡게 되었다.

"좋아, 가자!"

"문을 열겠습니다!"

내 말을 듣고 의장이 외쳤다. 아, 그러고 보니 최고 회의장의 문은 자동문이었지. 의장의 말이 없으면 열리지도 않는 모양이었다. 문은 닫혔을 때처럼 소리 없이 열렸다.

문이 열리자마자 직감이 먼저 반응했다. 나는 [이진혁의 홀]을 빼어 들곤 외쳤다.

"[나를 따르라]!"

[이진혁의 홀]의 부가 효과인 [이진혁의 호령]이다. 아군에겐 전투력 상승과 축복을, 적에게는 전투력 하락과 스턴을 가져다주는 효과가 있다. 아니나 다를까, 열린 문을 타고 암살자처럼 달려들던 슈퍼 포스들이 호령의 효과에 스턴당해 그 자리에 나뒹굴었다.

나는 즉시 적들을 향해 [이진혁의 천벌]을 꽂았다. 번쩍하는 빛이 [이진혁의 홀]로부터 발사되어 적들을 태웠다.

"으아악!"

"크아악!!"

경험치가 들어왔다. 뭐야, 이거 한 방으로 다 죽은 거야? 천벌이 센 거야, 이 녀석들이 약한 거야? 누구한테든 묻고 싶어져 뒤를 돌아봤더니, 다들 놀라 입을 쩍 벌리고 있었다.

"이럴 수가……!"

"슈퍼 포스가… 한순간에……!"

최고 의원들이 충격이라도 받은 듯 그런 소릴 혼잣말로 흘리고 있었다.

"보셨죠? 이것이 영웅왕 폐하의 위엄입니다."

오직 크리스티나만이 평정을 유지한 채 혼자 자랑스러워하고 있었다.

그래, 뭐. 내가 강한 거로군. 알겠다.

─카르마 연산 중…….

어쨌든 슈퍼 포스들도 플레이어라고 카르마 연산이 시작되었다. 그래도 군인인데 사람을 많이 죽이진 않았는지 포지티브 카르마가 찔끔찔끔 나오거나 네거티브 카르마가 약간 부과

되거나 했다.

으음, 변경 군인인 데다 실전을 치러본 적이 없어서 그런가. 이것들을 처치하면서 카르마를 잔뜩 벌 생각은 접어두는 게 낫겠다.

이 와중에 쌓이는 네거티브 카르마는 [VIP 회원권]으로 중화되고 있었으니 별로 의미를 둘 필요는 없었다.

나는 카르마 연산에 열심인 시스템창을 시야 바깥으로 밀어버리곤 의원들에게 말했다.

"어쨌든 문 밖에서 이것들이 대기 타고 있었던 걸 보니 우리가 나올 걸 예측하고 있었던 것 같군. 바깥의 진동은 우릴 끌어내기 위한 수단인 것 같고."

"그렇더라도 안 나갈 수는 없습니다. 저희를 여기 막아놓거나 다 죽이는 게 저들의 목적이니까요."

내 말에 대답해 준 건 의장이었다.

"그렇지. 그럼 가자. 후방경계 잘 부탁해. 전면은 내가 어떻게든 하지."

"예, 폐하!"

'어떻게든' 같은 믿음을 가지기 어려운 어휘를 사용했음에도 내 말에 대답하는 의원들의 목소리엔 신뢰감이 가득했다. 방금 전에 보여준 게 저들에게는 그만큼 대단하게 보였으리라는 추측이 가능했다.

하긴 크리스티나는 슈퍼 포스를 두고 플레이어의 한계를 뛰어넘은 존재라고 표현했다. 그런 인식의 존재 다수를 한 방에 쳐 죽였으니 놀라워할 만도 했다.

반응을 보아하니 아무래도 이들은 내 고유 특성 [한계돌파]에 대해서 모르고 있는 것으로 보였다. 이 자리에 있는 누구 하나 빠질 것 없이 전부 최고 의원, 인류연맹 세력의 최고 권력자임에도 불구하고 말이다.

날 줄곧 지켜보아온 크리스티나마저도 예상만 했지 확신은 못 한 분위기고.

내가 내 특성에 대해 직접적으로 털어놓은 건 인류연맹의 소속원 중에서는 주리 리 단 한 명뿐이다. 상황을 보아하니 그녀가 잘 숨겨준 거겠지. 이번 일이 잘 정리되면 주리 리와 만나야겠다고 생각하며, 나는 앞으로 나섰다.

통로를 따라 나가다 바깥으로 향하는 엘리베이터까지 적은 나타나지 않았다. 직감이 반응하지 않았으니 아마 숨어 있지도 않을 거다.

"엘리베이터를 타는 건 자살행위겠지."

엘리베이터 끈을 끊어서 떨어뜨린다고 죽을 사람은 여기 아무도 없지만 갇히는 게 문제다. 갇혀도 얼마든지 뚫고 나갈 수야 있지만 적들이 화력을 집중하기 좋은 상황에 놓이는 것 자체가 꺼려진다. 그러니 다른 방법을 택해야 한다.

"계단은 있나?"

"엘리베이터 옆에 비상계단실이 있어요."

내 낮은 질문에 크리스티나가 대답해 줬다.

"오케이."

나는 대꾸하고 계단실의 문을 열었다.

직감이 반응했다.

나는 문만 연 채 뒤로 물러나며 [이진혁의 천벌]을 사용했다. 계단실 안쪽이 신성한 빛으로 가득 찼고, 빛은 곧 시체 타는 냄새로 치환되었다.

얻는 경험치가 낮은 걸 보니 이들이 약한 게 맞았다. 이전과 똑같이 카르마도 기대할 만한 수준으로 벌리지 않았고, 적자가 아닌 게 어딘가 싶을 정도였다.

그래도 적들이 모두 마구니로 분류되어 천벌로 죽일 때마다 위엄과 신성을 얻을 수 있어 꽤 쏠쏠했다.

뭐, 시스템이 최종 레벨을 선언한 이상 아무리 경험치를 얻어봐야 레벨 업을 못 할 테니, 위엄과 신성을 얻는 게 더 득이다.

"잔챙이들이로군."

나는 그렇게 뱉곤 먼저 계단실로 나아갔다. 크리스티나와 최고 의원들이 내 뒤를 따랐다.

"너무 쉽군요."

"상대가 슈퍼 포스들인데."

최고 의원들이 수군거리는 소리가 들렸다. 다른 이들이 조용히 하라고 눈치를 줬는지 금세 입을 다물었지만 말이다.

그러나 사실 나도 꽤 긴장하고 있는 편이었다.

지배급 스킬이 통하지 않는 상대가 언제 나타날지 모른다. 그 337번인지 로터스 스트로하임인지 뭔지. 어쩌면 놈 말고도 또 있을지도 모르고.

이 세계에 강자가 없다고 불만을 품은 지가 언젠데, 지금은 이 긴장감이 싫어서 미칠 것 같다. 역시 나보다 강한 놈이 없다며 칭얼댄 건 배부른 생각이었다.

"일단 나가볼까."

나는 연속적으로 [폭군의 대역]을 써서 위로 공간 이동을 했다. 최상층, 그러니까 지상까지 올라오는 데는 한 번만 써도 충분했으나, 층계 중간중간에 대역을 남겨 정찰과 함께 안전을 확보하고 후위의 의원들을 지키기 위해 다섯 번을 썼다.

내 걱정은 노파심만은 아니었다. 세 번째 대역의 직감이 반응해 살펴봤더니, 사람이 지나가면 반응해 폭발하는 형식의 부비트랩이 설치되어 있었다.

내 움직임에 반응하지 않은 걸 보니 공간 이동에는 취약한 모양이나 의원들 모두가 공간 이동 스킬을 가지고 있을 가능성은 낮으니 그럭저럭 유효한 함정이라 볼 수 있었다.

아무 생각 없이 올라왔으면 폭발에 휘말려 몇몇은 피해를 입었을 거고, 계단과 함께 통로가 무너져 내려 지하층에 고립됐을 거다.

물론 계단을 무너뜨리는 것 자체에 큰 의미는 없다. 다들 종족이 천사라 하늘을 날아오를 수 있으니.

"시간을 소모시키는 게 목적인가?"

애초에 적은 내부의 정보를 갖고 있는 반란군이다. 다 알고 설치했겠지.

부비트랩은 [폭군의 착취]로 폭발물의 마력을 착취하자 무력화되었다.

"좋아, 확보했다. 올라와들."

지하에 남아 있던 대역으로 그렇게 말하고 후미를 지켰다. 의원들도 몸을 날려 지하 50층에 달하는 계단을 쉽게 올라왔다. 대체적으로 노인들이라 체력 문제가 있을지 고민했는데 그냥 날아 올라오는 걸 보고 내가 괜한 걱정을 했다 싶었다.

그렇게 모든 의원들이 지상 1층까지 도착했다.

"이제 이 문을 열고 나가면 바깥인가?"

지하에서 우리가 계단실의 문을 열고 들어온 것처럼, 나갈 때도 계단실의 문을 열고 나가야 한다. 그런데 우리를 그냥 내보내고 싶을 리가 없는 적들이 이 문에다 장난질을 과연 안 해놨을까?

"뭐, 해보면 알겠지."

나는 새로운 [퀵 세이브]를 걸곤 문손잡이를 잡았다, 무슨 일이 일어나면 [퀵 로드] 하면 그만이다. 인류연맹은 문에다 기름칠을 잘해놓는지, 아니면 이런 기술이 따로 있는지 문은 소리 없이 잘 열렸다.

"그렇군."

그리고 불꽃이 쏟아졌다.

[퀵 로드]

"에잇, 진짜."

나는 내 몸에 붙은 불꽃을 손으로 툭툭 털어냈다. 등급이 꽤 높은 스킬로 생성된 불꽃인지 몸에 불이 붙었다. 그럼에도 내 피부는 태우지 못했지만 말이다.

"폐하? 방금……."

크리스티나는 놀란 토끼 눈이 됐다. 그녀는 내가 시점을 되돌렸음을 인지하지 못했으니, 가만히 있다가 갑자기 몸에 불이 붙은 걸로 인지했을 것이다.

"바깥에 함정이 있다. 내가 처리하지."

나는 크리스티나의 말을 끊고 곧장 [폭군의 대역]을 하나 문 밖으로 보냈다. 그러자 문 밖에서 대기하며 문이 열리기만을 기다리고 있던 슈퍼 포스들이 놀라서 화염방사기의 노즐을 내게 겨눴다.

[이진혁의 천벌]!

그러나 내가 더 빨랐다. 슈퍼 포스들보다 먼저 [이진혁의 홀]을 들어 올려 옵션 효과를 발동해 놈들에게 광역 신성 피해를 끼얹어주었다.

"엇……!"

쾅!

화염방사기가 [이진혁의 천벌]에 맞아 부서지면서 폭발해 버리고 말았다. 그 폭발에 슈퍼 포스들이 휘말렸다.

"오……."

약간의 경험치와 위엄, 신성 능력치가 들어온 걸 보니 다들 죽었다. 끔찍하게도, 단 한 명도 살아남지 못하고 말이다. 뭐, 가슴 아파할 일은 없다. 신성 능력치가 들어왔으니 이놈들도 다 마구니다. 어차피 적이니 살려두는 게 더 이상하긴 하지만 여하튼 그렇다.

"이거 안 되겠군. 적들이 너무 많이 깔려 있어."

아직 계단실 문을 열고 나오지 않은 내가 의원들에게 말했다.

"내가 통로를 확보할 테니 잠깐 여기 머물러들 있으라고."

그리고 바로 [폭군의 정당한 영광―읍] 스위치를 켜서 [기습 준비 태세]를 활성화시켰다. 그 로터스 스트로하임, 337번도 간파하지 못한 지배급의 은신이다. 의원들에겐 내가 사라진 것처럼 보일 것이다.

계단실 문 안에 대역 하나를 남겨두고, 나는 문 밖의 다른 대역을 움직였다. 스위치를 켰으니 이쪽 대역도 [기습 준비 태세]가 걸렸다. 이로써 정찰에 별 어려움은 없을 테지만, 다른 안 좋은 가능성도 떠올랐다.

지배를 푸는 놈도 있는데 은신 간파하는 놈이 없으란 법이 있을까?

그래서 나는 이미 투명화에 기척 차단이 다 걸린 상태임에도 은엄폐에 신경을 쓰며 앞으로 나아갔다. 이 탓에 정찰 속도가 느려졌지만 감수해야 할 페널티다.

헬레니즘 양식으로 지어진 최고 의사당의 지상은 두꺼운 대리석 기둥 여럿이 일정 거리마다 배치되어 있었다. 이 두꺼운 기둥이 훌륭한 엄폐물이 되어주고 있었다. 문제는 이 훌륭한 엄폐물이 나한테만 유용한 게 아니란 점이었다.

모든 기둥 뒤를 전부 확인해야 했다. 그리고 내게는 그 수단이 있었다. 나는 기둥마다 [폭군의 대역]을 날렸다.

여긴 됐고, 여기도 클리어. 그리고 여기는……. 여기 있었군.

나는 세 번째 기둥에서 적 소대를 발견했다. 그렇다, 한둘이 아니라 소대다. 슈퍼 포스 한 무더기. 직감은 이놈들이 별로 강하지 않다고 말해주고 있었지만, 나는 긴장을 늦추지 않았다. 337번도 내 직감으론 그다지 위협적이지 않았다. 이놈들도 같은 케이스일 수 있었다.

한 호흡 만에 전부 해치운다. 아니, 한 호흡도 길다.

[세계를 혁명하는 힘]!

카르마 10만 점을 넘기고 [혁명의 열매 넥타르]를 마셔서 그런지 혁명력은 아무리 써도 999+에서 줄지 않는다. 이럴 때 안 쓰면 언제 쓰겠는가. 아끼다 똥 된다. 게다가 1초 만에 해치우면 어차피 1밖에 소모 안 한다.

다행히 이놈들은 내 시간 정지에 저항하지 못했다. 뭐, 내가 정지된 시간 속을 움직이는 거니 상대가 내 시간 정지에 저항한다는 표현은 좀 이상하지만 스킬과 특성이 물리법칙과 논리를 무시하는 게 어디 하루 이틀 일인가.

"그럼 해치워 볼까?"

*　　　*　　　*

나는 [이진혁의 홀]을 내밀어 [이진혁의 천벌]을 썼다. 신성한 빛이 멈춰진 시간 속에 갇힌 놈들을 한데 감쌌다.

"이제 시간을 다시 움직이면 이놈들은 죽겠지."

나중에 여유가 생기면 마구니들 시체를 한데 모아서 한꺼번에 착취해야겠다고 다짐하며, 나는 다른 기둥을 향해 나아가다시 몸을 숨긴 후에 혁명력을 거두었다.

한 번 번쩍한 뒤에 약간의 경험치와 위엄, 신성 능력치가 굴러 들어왔다. 경험치는 진짜 쓸데없이 잔뜩 쌓이네. 어느 정도 모이면 경험치 쿠폰으로 출력해야지.

나중 일은 나중에 생각하기로 마음먹고, 나는 정찰을 계속했다.

"그런데… 크리스티나 경."

그때, 누군가가 말했다. 계단실에 남은 대역의 귀에 들리는 음성이었다. 나는 그 목소리의 주인이 마구니 꼈던 의원이었음을 금세 파악해 냈다.

그렇지. 딱히 할 일도 없고 눈치를 봐야 할 대상인 나도 없으니 슬슬 말문이 트일 때가 됐다.

"영웅왕 폐하께오선 대체 얼마나 강하신 거요?"

왜 그런 기초적인 질문을 지금? 나는 의아해했지만 크리스티나는 잠깐 입을 다물고 생각하다가 망설이듯 답했다.

"사실 저도 직접 뵌 건 오늘이 처음이라……. 데이터로밖에 모릅니다."

아, 그런가. 나는 납득했다. 인류연맹에 직접 찾아와 보기 전까지는 나도 이 세력이 진짜 변경 약소 세력이라 믿었듯, 이들도 내가 싸우는 모습을 직접 본 일이 없으니 얼마나 강한지 가늠을 못 하는 거다.

"데이터는 이미 최고회의에 제출한 바 있으니, 다른 의원님들과 제가 아는 바가 그리 다르지 않습니다."

"그, 그렇군."

대답한 의원이 창백한 얼굴로 주억거렸다. 그러고선 혼잣말인 듯 중얼거렸다.

"사실 그 데이터는 과장한 면이 있을 거라고 생각했는데……"

"슈퍼 포스를 그렇게 간단히 처치하시다니. 나름 우리 세력의 비밀 병기였는데."

"이제는 그 비밀 병기가 우리 목을 노리고 있지만요."

이런 대화를 듣자고 대역을 투명화시켜서 남겨둔 게 아닌데. 내가 없으면 누가 배신하거나 헛짓거리를 할까 싶어서 숨겨놨는데 마구니 꼈던 의원들도 지금은 조용하다.

뭐, 아쉬워할 일은 아니다. 배신 안 하면 좋은 거지. 그리고 혹시 내가 인지 못 한 적들이 후방으로 들이닥칠 수도 있으니 보험으로 남겨놓은 셈 치면 된다.

일단은 정찰부터 계속하자. 나는 다음 기둥 너머로 대역을 보냈다. 클리어, 클리어. 이걸로 정찰을 절반 정도 마쳤다. 클리어.

그런데 막 여섯 번째 기둥을 확인한 순간, 내가 아직 정찰하지 않은 기둥 두 개에서 갑자기 슈퍼 포스들이 쏟아져 나왔다. 그리고 뭔가 불길해 보이는 형상의 마법봉을 들어 계단실의 문을 향해 겨누었다.

아니, 미친! 저거 로켓 런처잖아?! 그것도 모든 소대원들이 동시에 쏴버렸다. 대충 세도 20발 이상의 로켓이 계단실을 향해 육박했다. 이건 막을 방법이 없다.

[세계를 혁명하는 힘]이 아니면 말이다.

나는 시간을 멈추고 [궁극 이진혁]의 불로 모든 로켓들을 지져 버렸다. 이제 로켓들은 슈퍼 포스들의 코앞에서 폭발할 것이다.

저거 맞고 죽을 수도 있겠군. 그럼 안 되지.

그래서 나는 [이진혁의 흙]을 들어 그들에게 천벌을 내렸다. 천벌을 묻혀놨으니 신성 피해로 죽든 로켓의 폭발 피해로 사망하든 내게 신성이 돌아올 것이다.

아나나 다를까, 시간 정지를 풀자마자 로켓들이 그 자리에서 폭발한 건 물론 슈퍼 포스들이 여분으로 가지고 있던 로켓들까지 유폭하면서 충격과 화염이 그들을 휩쓸었다. 저건 죽었다. 뼈도 못 추렸다.

문제는 폭발이 너무 커서 내가 있는 곳까지 피해가 옴은 물론 주변의 기둥들까지 무너뜨리고 균열이 가게 만들었다는 점이었다.

아니, 설마 이걸 노린 건가? 이대로 기둥이 무너지면 천장이 내려앉아 아직 계단실에 머무르고 있는 의원들이 압사당할 수도 있다. 천장의 석재 무게를 생각하면 고레벨이라고 괜찮을 도리가 없다.

저쪽 기둥에서 다른 슈퍼 포스들이 기겁해서 달아나는 게 보였다. 뭐야, 노리고 저지른 게 아니었나? 그런 생각도 잠시, 달아나던 적들이 이쪽을 향해 로켓 런처를 겨누는 걸 보니 저놈들도 이 상황을 이용할 생각이 든 것 같았다.

나는 [궁극 이진혁]의 빛을 쏴서 적들의 공격을 무력화하려고 시도했다. 번쩍! 시도는 성공했다. 지나치게 성공해 버려서 놈들이 쏘려던 로켓 런처를 절단해 버렸다. 쿵, 콰쾅! 폭발이 일어나고, 유폭이 일어났다. 또 다른 기둥에도 파손이 났다.

이거야 원, 천장이 무너져 내리는 걸 막을 방법은 없을 것 같았다. 나 혼자라면 별 위기도 아니고 그냥 빠져나가면 되지만 계단실 내의 의원들이 문제다.

어쩔 수 없지.

"다시 하자."

[퀵 로드]

하는 수 없어진 나는 시점을 되돌렸다. 세이브 시점은 계단실의 문을 열기 전. 여러 번 다시 하려니 짜증 난다. 고작 세번째긴 하지만 말이다. 잭 제이콥스 설득하려고 아등바등하던 때에 비하면 약과긴 하지. 그렇다고 짜증이 안 나는 건 아니지만.

"이번엔 단번에 해치워야겠어."

"네? 폐하, 그건 무슨 말씀이신……."

크리스티나의 물음에는 대답하지 않았다. 나는 즉시 행동했다. 이미 정찰을 마쳤으니 거칠 것 없이 대역들을 보내 슈퍼 포스들을 단번에 처치했다.

이번엔 모두 [이진혁의 천벌]로 처치해서 그 덕에 위엄과 신성이 쏠쏠하게 들어왔다. 시점을 되돌린 게 이런 면에선 좋다. 신성이 중복으로 쌓이니 말이다.

물론 이래도 [퀵 세이브]와 [퀵 로드]의 선행 조건 스킬인 [선험] 유지에 쓰는 신성이 더 많긴 하지만, 이 신성 스택은 최대치를 늘려주는 거니 가치가 다르다.

뭐, 그건 그렇고.

"337번이 나타나지 않는군."

여기보다 더 중요한 곳이 있나? 나는 고개를 갸웃거렸다. 어쨌든 이로써 의사당 내외의 슈퍼 포스들은 다 처치한 셈이다. 이걸로 한시름 놔도 되겠지.

그렇게 생각하고 있을 때, 직감이 반응했다.

"그럼 그렇지. 이대로 끝날 리가 없지."

직감이 가리키는 방향으로 시선을 돌렸더니 최고 의사당을 향해 날아오는 비행체가 보였다. 단순한 비행체는 아니었다. 전함이었다. 그것도 인류연맹 최신예 전함. 슈퍼 포스 하이브에 정박되어 있던 걸 목격한 적이 있다.

"아하, 저거였군."

나는 이제야 왜 슈퍼 포스들이 철저하게 시간을 끌고 의원들을 여기 가둬두려고 했는지 이해했다.

적 전함은 포신을 이쪽으로 향하고 있었다. 의사당을 향해 포격을 할 셈으로 보였다.

저릿저릿한 직감의 반응만으로도 그 위력을 능히 짐작할 수 있었다. 인류연맹 최신예 전함의 포격이라면 의사당을 가루로 만들어 버리고 의원들을 한 줌 잿더미로 만들기에 조금도 부족함이 없을 것이다.

나는 시점을 되돌릴 생각을 하지 않았다. 시간을 멈추지도 않았다.

"[진홍 혜성]!"

통로 안이었다면 모를까, 여기는 바깥이다. 나도 전함을 꺼
내는 데 아무런 장해가 없었다.

"전함 성능 비교라도 해볼까?"

나는 [진홍 혜성]의 방어막을 활성화하며 부스터를 켜 곧장
적 전함을 향해 가속했다. 쿵! 쿵! 적 전함의 주포가 방어막을
뚫지 못한 채 허공에 폭발만 일으켰다.

주포의 저지력은 [진홍 혜성]의 가속도를 막기에 역부족이
었다. 나는 그대로 적 전함을 들이받았다. 쾅! 적 전함이 균형
을 잃고 크게 기울어졌다.

나는 그 틈을 타 [진홍 혜성]의 [하이퍼 이진혁 모드]를 가
동시켰다. 인간 형태를 취하게 된 [진홍 혜성]의 양팔로 적 전
함을 붙잡은 나는 그대로 사타구니 아래로 밀어 넣어 꽉 붙잡
고 지상 방향으로 부스터를 내뿜었다.

"파일드라이버다!"

나는 아주 먼 옛날 지구의 TV에서 보았던 프로레슬링 쇼에
나왔던 유명한 기술을 사용했다. 스킬이 아니다, 기술이다! 그
냥 중력만이 아니라 [진홍 혜성]의 무식하리만치 강력한 추진
력까지 더해진 기술!!

쿠구궁! 지면이 울리는 소리가 치명적이다. 적 전함의 머리

부분이 완전히 뭉개지고 금이 가기 시작하더니 균열이 점점 커져 세 쪽으로 갈라졌다. 그리고 거기서 더 버티지 못하고 폭발이 일어났다.

"아, 여기서 폭발하면 안 되지."

폭발에 휘말린 희생자가 나오지 말라는 법이 없다. 그래서 나는 적 전함을 감싸듯 [진홍 혜성]의 방어막을 전개해 폭발 범위를 감쌌다. 다행히 폭발은 방어막 안에 갇혀 주변에 피해를 야기하지 못했다.

"이제 끝인가?"

나는 그렇게 혼잣말을 했다가 흠칫하고 혹시나 싶어서 주변을 두리번거렸다.

"으……!"

"으윽… 대체 뭐가……!"

그때였다. 전함의 잔해를 헤치고 한 무리의 사람들이 기어 나왔다. 전함의 승무원이었던 슈퍼 포스들로 보였다. 폭발로 인해 심한 상처를 입었지만, 괜히 슈퍼 포스가 아닌지 생각보다는 멀쩡해 보였다.

[이진혁의 천벌]

뭐, 그래 봐야 [천벌] 한 방이면 정리되지만 말이다. 빠지직.

"어째 직감이 반응 안 하더라."

이제 진짜 끝난 것 같아서, 나는 괜한 아쉬움에 입맛을 다셨다.

아니나 다를까, 경험치를 비롯한 보상이 굴러들어왔다. 시스템이 저들의 쿠데타가 완전히 실패로 돌아갔음을 인증한 거나 다름없다.

아니지, 아직 안 끝났지. 내게는 이것들 시체 모아다 [착취]하는 작업이 남아 있었다. 그걸 생각하니 다소 아쉬움이 걷혔다.

"이 폭발음은 뭐지?!"

"꽤 소리가 큰데……!"

한바탕 노가다를 뛸 생각에 몸을 풀고 있으려니 아직 계단실에 남아 있는 의원들의 목소리가 들렸다.

"폐하께서 전투 중이신 것 같아요."

크리스티나가 말했다.

"그런데 크리스티나 경, 영웅왕 폐하께오선 대체 얼마나 강하신 거요?"

이건 아까 들었던 것 같은데.

"사실 저도 직접 뵌 건 오늘이 처음이라 데이터로밖에 모릅니다."

크리스티나의 대답까지 듣고 나니 들었던 게 맞았다.

이렇게 된 이상 끝났다는 말은 나중에 하고 이대로 내버려

뒤보자. 그럼 뭔가 이들의 속내 같은 걸 들을 수 있을지도 모른다. 약간은 장난기 섞인 발상이지만, 나쁘지 않은 생각으로 여겨지기도 했다. 어차피 할 일도 있고 말이다.

"바깥이 조용해졌군."

"끝난 건가?"

"섣불리 움직이지 마시오."

그래, 섣불리 움직이지 말아야지.

다른 나로는 슈퍼 포스들의 시체를 모아들이면서 계단실 안의 나는 숨죽인 채 기다렸다. 사실 호흡할 필요가 없으니 굳이 숨을 죽일 필요도 없지만 말이 그렇단 소리다.

"만약 슈퍼 포스들이… 승리하면 우리는 어떻게 되는 거지?"

그때, 누군가가 말했다. 혼잣말이 저절로 흘러나온 것 같은 어투였다. 그 말에 옆 사람이 바로 핀잔을 주었다.

"어떻게 되긴, 다 죽는 거지."

"아니, 먼저 항복하면 죽이기야 하겠소?"

"그래서 지금 항복하자는 거요?"

"……"

다시 침묵이 자리를 지배했다. 불온한 분위기다. 나는 흥미진진하게 지켜보고 있었다.

"폐하께서 패배하실 리 없습니다."

그때, 입을 연 건 크리스티나였다.

"폐하를 믿으십시오."

"무슨 근거로?"

"이제까지 폐하께서 치르신 전투들의 기록을 의원님들께도 전달해 드린 것으로 기억합니다. 그 기록들이 근거입니다."

그런 크리스티나의 발언에 몇 명이 고개를 끄덕였다. 전부가 그런 건 아니었다.

"폐하께옵서 쓰러뜨린 적들이 슈퍼 포스들보다 강하오?"

"네."

크리스티나는 딱 잘라 말했다.

"오늘 올린 기록입니다만, 폐하께선 단신으로 만신전과 천계에 쳐들어가셔서 두 세력 모두를 평정하셨습니다."

"…그게 한 사람이 올릴 수 있는 전과란 말이오?"

"전투 기록상으론 그렇습니다."

"하지만……."

크리스티나의 목소리에도 열기가 더해졌고, 꼬투리를 잡는 의원의 목소리도 거칠어지기 시작했다. 그때 의장이 끼어들었다.

"그만, 그만. 지금 우리끼리 말다툼을 할 때가 아니오."

"소, 송구합니다. 의장님."

"죄송합니다."

의장이 나서자 꼬투리를 잡던 의원은 물론이고 크리스티나도 한발 물러났다. 나는 혀를 찼다. 한창 재밌었는데 여기서 끊다니.

"…그래서 만약 폐하께서 패배하셨다면 어쩌겠다는 거요?"

그런데 다른 이가 짜증스러운 듯 끼어들었다. 이건 완전히 시비였다. 크리스티나는 그 시비에도 굴하지 않고 태도를 견지했다.

"폐하를 믿으십시오."

*　　　　*　　　　*

"그게 무슨……."

의원은 크리스티나의 우직하고도 일관적인 대답에 질린 듯 고개를 내저었다. 그녀의 믿음은 보답받아야 한다. 나는 의원들의 속내를 캐보자는 시커먼 음모를 이쯤에서 거두기로 마음먹었다.

"이겼다. 해치웠다."

나는 투명화를 풀고 나와 말했다. 그러자 크리스티나와 언쟁하던 의원이 쥐라도 밟은 듯 펄쩍 뛰며 놀랐다.

"폐, 폐하!"

"폐하!"

"폐하!!"

어떤 의도에선지 다른 의원들도 그 의원에 이어 내 칭호를 부르짖었다. 나는 손을 들어 올려 그들로 하여금 입을 다물게 하고 말했다.

"슈퍼 포스 놈들, 전함까지 동원했더군."

"격침시키셨습니까?"

크리스티나의 질문에 나는 고개를 끄덕여 주었다.

"그래. 인류연맹의 자산을 해치워 버려서 미안하지만 격침 시켰다. 아마 수리는 안 될 거야."

침몰할 때 폭발을 방어막으로 막았기 때문인지 그 여파가 내부로 향해서 전함은 문자 그대로 산산조각 나서 수복의 여지없는 고철 덩어리가 되어버렸다.

"저, 전함을 단신으로?!"

"그게 사실이옵니까, 폐하!"

의원들은 놀라 되물었지만 나는 굳이 대꾸할 필요를 느끼지 못했다. 대신 나는 뚜벅뚜벅 걸어 계단실의 문을 열었다. 지면에 처박힌 채 연기를 내뿜고 있는 전함이었던 것의 모습이 여기서도 잘 보였다.

크리스티나는 환하게 웃었다.

"폐하를 믿으시라고 말씀드리지 않았습니까."

"저는 믿었습니다, 폐하!"

"저도 믿었습니다, 폐하!!"

응, 아니야. …라고 쏴붙여 주고 싶은 마음인 굴뚝같지만 그러면 내가 이 자리에서 이들의 대화를 엿듣고 있던 것도 알려 줘야 한다.

"어쨌든 당신들을 죽이거나 유폐하려던 놈들의 시도는 좌절시켰다. 내가 나설 국면도 이걸로 끝난 것 같군. 뒷일은 맡겨도 되겠지?"

내 물음에 의장이 나서 대답했다.

"여부가 있겠습니까? 더러운 일은 더러운 이들에게 맡기시지요."

적절한 자학이었기에, 나는 그만 웃어버리고 말았다.

*   *   *

"마라 님, 마라 파피야스 님!"

마구니 두령이 급히 달려와 마라의 이름을 불렀다.

"인류연맹에 파견했던 마구니들이 모두 사망했습니다!!"

"응, 그래."

마라 파피야스라 불린 마구니, 마라 파피야스의 첫 번째 분신은 심드렁하니 대꾸했다.

"계획대로, 예상대로, 예언대로 되었군."

"예?!"

그런 마라 파피야스의 반응에 마구니 두령은 깜짝 놀라 눈을 희번덕 떴다. 그러나 마라 파피야스는 두령 쪽은 쳐다보지도 않고 혼자 중얼거리기 시작했다.

"어느 게 맞는 거지? 계획? 예상? 예언? 아니, 어느 것이든 상관없지. 내게 있어선 다 똑같은 것들이니……."

"아니, 마라 님……."

마구니 두령이 떨리는 목소리로 주인의 이름을 불렀다. 그제야 마라는 두령 쪽을 바라보며 픽 하며 웃곤 이렇게 말했다.

"일부러 동지들을 사지로 몰아넣었냐고 물어볼 셈이냐? 그 질문에 대답해 주지. YES다."

"마라 님……."

"이 방법밖에 없다. 우리가 이길 수 있는 방법은……."

마라 파피야스는 씨이익 웃었다. 그 표정이 너무나도 유쾌하고 즐거워 보여, 마구니 두령은 자기도 모르게 되묻고 말았다.

"그게 정말입니까?"

마라 파피야스는 그런 두령의 물음이 의아한 듯 눈을 깜박였다.

"정말이고말고. 마구니 두령, 넌 네 주인의 말도 못 믿는 거냐?"

"그야 못 믿죠! 거짓말을 한두 번 하셨어야!!"

그러고 보니 그랬다. 마라 파피야스는 납득하며 고개를 끄덕였다.

"그건 나도 마구니니 어쩔 수 없는 노릇 아닌가?"

"그건 그렇지만요."

핫하하, 하.

"이번 계획에 대체 어떤 복안이 있었는지 좀 말씀해 주십쇼."

"그걸 미리 다 말해주면 재미없……. 아니지, 크흠! 예언이 뒤틀릴 염려가 있으니 말해줄 수 없다."

"그냥 귀찮다고 말씀해 주시죠. 마라 님께서 재미있어하실 일이라고 상상하면 소름이 돋아서 못 살겠습니다."

"그거 좋군! 귀찮다!"

마라 파피야스는 손뼉을 짝짝 치며 말했다. 마구니 두령이 어이없어하는 표정을 지었지만 마라 파피야스는 전혀 상관하지 않았다. 애초에 상관할 이유가 그에게는 없었다.

"아, 그렇지. 이진혁 아직 인류연맹에 있지?"

"이진혁이 아니라면 우리 마구니들이 그렇게 쓸려 나갔겠습니까?"

마구니 두령의 가시 돋친 대꾸에도 마라 파피야스는 기분이 상하기는커녕 기꺼운 듯 고개를 두 번이나 끄덕였다.

"좋아."

"대체 뭐가 좋다는 겁니까?"

마구니 두령은 황당해서 견딜 수가 없다는 듯 되물었지만 마라 파피야스는 여전히 자기 할 말만 계속했다.

"다음 계획을 설명해 주지. 두 자릿수를 제외한 모든 분신들과 그 휘하 마구니들을 모아서 인류연맹을 치라고 명령해라."

"…예? …직접요? …마구니가요?"

이제까지는 황당해했지만, 마구니 두령은 드디어 반감을 드러내며 되물었다. 고작 일개 마구니 두령이 마라 파피야스를 상대로 취할 태도가 아니었지만 그럴 만한 이유가 있었다.

"그래. 뭐 문제 있나?"

그런데 그 이유를 누구보다 잘 알 만한 존재가 이렇게 되물으니, 마구니 두령은 미쳐 버릴 것만 같았다. 간신히 감정을 억누르며, 두령은 입을 열었다.

"그야 그렇습죠. 저희는 마구니 아닙니까? 마구니가 뭡니까? 우리는 어둠 속에서 속삭이는 자, 빛의 존재를 홀려 어둠으로 끌어들이는 존재 아닙니까?"

"그래, 알고 있다."

"잘 알고 게시는군요. 하긴 마라 님보다 더 잘 아는 분이 안 계시지요. 그런데……"

"그런데 그것도 살아 있어야 할 수 있는 짓이야. 죽으면 못하지."

마구니 두령의 말을 끊은 마라 파피야스의 표정에 웃음기는 없었다. 마구니 두령은 그런 그의 표정에 입을 다물어 버리고 말았다.

"뭔가 착각하고 있는 것 같은데 두령, 우리의 당면 과제는 생존이다."

"그……"

"내가 어떻게 마라 파피야스의 이름을 손에 넣었는지 벌써 잊은 건 아니겠지? 내가 예지한 건 마구니의 절멸이다. 마구니의 방식대로 움직였다간, 그 끝은 오로지 파멸뿐이야."

"…렇군요."

마구니 두령은 무겁게 고개를 끄덕였다. 그리고 결의를 굳힌 듯 단단히 대답했다.

"알겠습니다, 마라 님. 명령을 전하겠습니다."

그런 두령의 태도 변화가 기꺼웠는지, 마라 파피야스는 다시 밝은 목소리로 지시했다.

"아, 혹시라도 유혹당하거나 지배당하거나 할 때마다 자폭하라는 지시는 여전히 유효해. 뭐, 그런 유의 상태이상이 감지되면 자동으로 자폭하게 해놓긴 했지만. 각자 각오는 해두는 게 좋잖아?"

밝은 목소리로 할 지시는 아니었으나, 마구니 두령은 익숙하게 고개를 끄덕였다.

*   *   *

나는 슈퍼 포스들의 시체를 한데 모아들이고 [폭군의 착취]를 써서 뜯어낼 수 있는 건 전부 뜯어냈다.

솔직히 이제 [레벨 업 쿠폰]도 빛이 바랬고 스킬들도 공통된 게 많아서 별 도움이 안 됐다. 그나마 가치 있는 건 신성이었다. 슈퍼 포스들은 다 마구니가 되어버렸지만, 그렇다고 천사였다는 것까지 지워진 건 아닌지라 어느 정도의 신성을 얻어낼 수 있었다.

그렇다고 이득이 아니란 건 아니지만. 아무리 레벨 업에 더이상 집착하지 않는다지만 그렇다고 굳이 벌 수 있는 걸 안벌 이유는 없다.

내가 이렇게 시간을 들여 잡일을 처리하고 있음에도 337번 분신은 결국 모습을 드러내지 않았다.

"이 정도면 뭐, 그냥 도망갔다고 보는 게 낫겠네."

물론 너무 내게 유리한 추측이라 이렇게 믿고 방심하는 건자제해야겠지만, 그럼에도 불구하고 정황상 비상은 해제된 거라 보는 게 맞는 것 같다.

그리고 추가적으로 하나 더.

마구니 놈들은 날 죽일 생각이 없다. 혹은 날 죽일 수 없다. 가장 긍정적으로 보자면, 날 죽일 능력이 없다.

내가 직접 나서서 인류연맹에 깊숙이 파고든 마구니 동맹의 뿌리를 파헤쳐 캐내고 기껏 친마구니 파로 양성해 놓은 슈퍼 포스들까지 거의 다 죽여 버렸음에도 불구하고, 337번이 마지막까지 내게 공격을 가해오지 않았다는 건 그런 의미밖에 안 된다.

죽이려면 슈퍼 포스들과 연합해서 협공이라도 했어야 했다. 아니면 이 사달에 이르기 전에, 그러니까 내가 최고 의사당에 오기 전에 날 죽이던가.

이럴 줄 몰랐다, 는 변명은 통하지 않는다. 슈퍼 포스들이 왜 이렇게 급히 군사행동을 일으켰겠는가? 337번의 통신 내용을 되새기면, 분명 그들은 쿠데타를 좀 더 완벽히 준비한 후에 움직일 생각이었다.

내가 [폭군의 착취]로 마구니가 낀 의원들에게서 마구니를 제거하기 전에, 그 의원들 중 누군가가 슈퍼 포스들에게 신호를 준 덕이리라.

급히 움직인 것치고는 전함까지 동원하는 등 꽤 체계적으로 움직였지만, 그건 슈퍼 포스들이 미리 쿠데타를 준비하고 있었기 때문일 것이고.

슈퍼 포스들에게도 신호가 갔는데 337번이 신호를 못 받았을까? 크리스티나의 이야기를 듣자 하니 337번, 로터스 스트로하임은 슈퍼 포스들의 수장급 인물이라던데. 모르기는 몰라도 보고 우선순위로는 최고 순위에 놓였을 것이다.

그럼에도 나타나 지휘조차 하지 않았다는 건…….

"혹시 337번, 그냥 죽은 거 아냐?"

이런 생각마저 들 정도다.

대체 왜 놈이 나타나지 않았는지는 아무리 생각해도 그 답을 알 수 없다. 모르는 걸 고민해 봐야 시간 낭비다. 나는 놈에 대한 상념을 깨끗하게 끊어내기로 했다.

"뭐, 어쨌든 이걸로 한 건 정리한 건 맞지."

인류연맹의 심장부에 파고든 마구니를 제거하고 슈퍼 포스들까지 처리했으니, 마구니 동맹이 인류연맹에 행사할 수 있는 영향력 자체를 꽤 줄인 셈이다. 이걸로 이번 인류연맹 행에 소득은 있었던 셈 치자.

*　　　　*　　　　*

나는 지금 누에보 베르사유에 있었다. 정확히는 궁전 앞의 목초지에 누워 있었다.

"폐하, 폐하!"

햇살을 즐기고 있으려니, 누군가의 익숙한 부름이 들렸다. 고개를 들어보니, 크리스티나가 날 향해 뛰어오고 있었다.

"뭐야? 그렇게 뛰어올 정도로 급한 일이면 [레벨 업 마스터]로 연락하지 그랬어?"

여기 위치가 뉴이스트 요크와 인접한 곳이니까, 최고 의사 당이 있는 뉴 오타와와는 거리가 꽤 있었다.

"그 정도까지 급한 일은 아니에요. 헤헤."

그런 크리스티나의 모습이 너무 귀여워서, 나는 이렇게 생각해 버리고 말았다.

뭐지? 무슨 속셈이지? 왜 갑자기 귀여운 척을 하지?

"폐하!"

"으, 응? 왜?"

나는 크리스티나의 부름에 약간 경계하며 대답하고 말았다. 아니, 상대는 크리스티나다. 내가 이 녀석 덕을 얼마나 많이 봤던가. 어느 정도는 이용당해 줄 수 있다. 그런 생각으로 나는 정신을 재무장하며 크리스티나를 보았다.

그런데 크리스티나는 반짝반짝 빛나는 미소를 내게 보이며 밝은 목소리로 이렇게 말하는 게 아닌가?

"인류연맹을 구해주셔서 감사해요, 폐하!"

"큭!"

나는 나도 모르게 신음성을 토해내고 말았다. 스스로가 한심해서다. 이런 크리스티나를 상대로 경계심 같은 거나 가지다니.

"아, 저. 이상했나요? 그치만 아직 감사하단 말씀을 안 드렸다는 생각에 그만⋯⋯."

내 신음성을 무슨 의미로 해석했는지, 크리스티나가 당황해하며 변명했다.

"아니, 괜찮아. 그런 의미 아니니까. 아무튼, 그 뭐냐. 난 할 일을 했을 뿐이다. 그러니까⋯⋯."

"아, 보상 말씀이시군요! 잘 알고 있어요!!"

"커흑!!"

그렇게 내가 입만 열면 보상, 보상을 말하는 보상 앵무새, 줄여서 보무새처럼 보였단 말인가! 지난 기억을 떠올려 보니 확실히 그랬긴 했지만 말이다!

양심이 아프다!

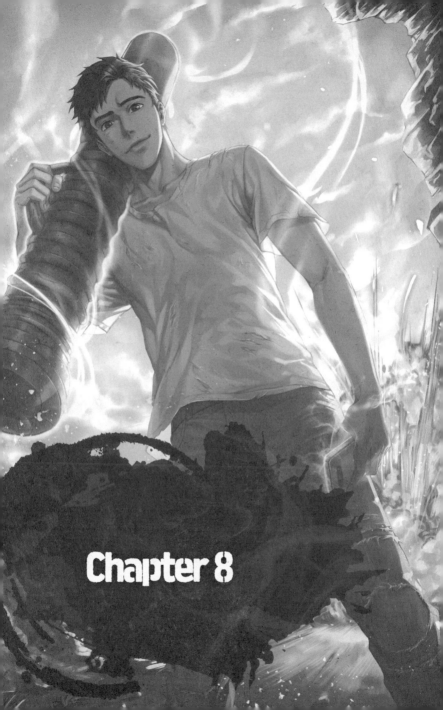

Chapter 8

"하지만 그 전에 하나만 더 부탁드려도 될까요?"

아, 역시. 그럼 그렇지. 뭔가 부탁이 없을 리 없지. 나는 이상하게 안도하며 고개를 끄덕였다.

"…일단 말해봐."

사실 이제 슬슬 그랑란트로 돌아갈 생각이었다. 그랑란트 한 번 찍고 다시 만신전과 천계를 쭉 돌면서 전쟁배상금을 받아 챙길 생각이었다. 그 김에 불평등조약을 걸고 불가침조약을 걸고, 그럴 생각이었다.

하지만 아무리 그래도 크리스티나의 머릿속에서 보무새로

기억되고 싶지는 않았다. 설령 그게 사실이었다 하더라도 최소한도의 이미지 변신은 시도하고 가고 싶었다. 그래서 귀찮더라도 일단 고개를 끄덕인 거였다.

"뒤로 미루고 미뤘던 대관식! 꼭 참석하셔서 자리를 빛내주셨으면 합니다!!"

하도 의외의 발언이라, 나는 나도 모르게 되묻고 말았다.

"대관식?"

"네!"

"누구의?"

"그야 이진혁 영웅왕 폐하죠!"

나였다!

"나 이미 영웅왕이잖아? 다들 알던데?"

오죽하면 잭 제이콥스가 나 교단으로 불러다가 폐하, 폐하 그러더라. 사실 요즘도 전화하면 폐하 그러고. 내가 그렇게 이어 말하기 전에, 크리스티나가 빠른 목소리로 말했다.

"모두가 다 알지만 아직 정식으로 대관식을 하지는 않았죠."

응, 뭐. 그건 그렇지. 그래도 굳이 시간과 돈과 수고를 들여가며 대관식을 할 필요가 있을까?

"이번 기회를 통해 세계만방에 영웅왕 폐하의 즉위를 알리고 그 위엄을 떨쳐야 해요!!"

내가 그렇게 묻기 전에 크리스티나가 주먹까지 쥐며 강한 목소리로 외쳤다.

"입헌군주인데?"

"지구상의 입헌군주제 국가 중에 대관식을 거른 국가는 없어요!"

잘 찾아보면 있기야 하겠지만 나는 모르고 크리스티나는 찾아볼 생각조차 없는 듯했다.

"다행히 이미 준비는 다 해놨으니 폐하께선 몸만 오시면 돼요!"

"시, 싫은데."

"다행히 이미 준비는 다 해놨으니 폐하께선 몸만 오시면 돼요!"

나는 직감했다. 내가 하겠다고 말할 때까지 크리스티나는 같은 대사를 반복하리란 것을.

"…알았어."

"만세! 영웅왕 폐하 만세! 만만세!"

크리스티나는 자기 일처럼 기뻐했다. 아니, 크리스티나가 내 최측근이니 자기 일이 맞지. 내 위엄이 바로 설수록 크리스티나의 실권도 더해질 것이다. 그래 봤자 입헌군주지만, 그래도 군주는 군주니까.

"사실 이번 대관식은 진짜 꼭 치러야 했어요. 바로 몇 시간

전에 있었던 뒤숭숭한 일 때문에 사람들이 불안해하고 있어
요."

"아하, 그래서 신나게 놀아서 잊자?"

"뭐, 그렇기도 하지만요."

내 말에 반발하리라고 생각했지만, 내 예상과 달리 크리스
티나는 고개를 끄덕였다.

"…인류연맹의 슈퍼 포스는 구성원 모두가 성장 한계를 뛰
어넘은 강력한 무력 단체로서 연맹을 수호하는 방패이자 다
른 세력의 공세를 막아내는 방파제로 받아들여지고 있었어
요."

목소리도 표정도 진지하니 더 농담을 치고 있을 수 없다.
더욱이 말의 내용도 내용이다.

"하지만 그 슈퍼 포스가 대대적인 쿠데타를 일으킨 데다,
사실상 그 전력이 증발해 버리고 말았으니 사람들이 불안해
할 수밖에 없죠."

그러니 진정한 연맹의 수호자로서 영웅왕 이진혁을 내세움
으로써 그 불안을 희석시키겠다는 거로군. 슈퍼 포스의 쿠데
타를 사실상 혼자 몸으로 진압한 데다 천계와 만신전을 꺾어
인류연맹의 위협을 제거한 이진혁이라면 연맹 시민들의 불안
을 잠재우기에 충분하니까.

내 입으로 말하긴 낯 뜨거운 소리라 입 밖에 내진 않았지

만, 설령 이렇게 말했더라도 크리스티나라면 곧장 고개를 끄덕일 것 같았다.

그래서 더 말할 수 없었다.

말하면 안 된다!

"알았어, 알아들었어."

"감사합니다, 폐하!"

크리스티나가 귀엽게 웃으며 내게 다시 한번 감사의 말을 했다.

"아, 보상은 확실히 준비해 놓을 테니까요. 이번 일로 최고 의원들을 구워삶을 수 있을 거예요. 녹음 따놓은 것도 많고요!"

녹음. 아하. 아마도 계단실에 숨어 있을 때의 이야기겠지. 나는 그냥 반쯤 장난으로 한 일인데, 크리스티나는 그걸 기회로 삼아 정치적인 압박 수단을 마련한 듯했다.

"그래, 기대하지."

나는 웃으면서 말했지만, 크리스티나는 어깨를 좁히며 대답했다.

"너무 기대하시면……. 곤란하고요."

사실을 말하자면 크리스티나가 이럴 반응을 보일 만도 했다. 그간 워낙 퍼줬는데, 이번에 그것들 이상으로 큰 공을 올렸으니. 그 이상 뭘 쥐야 할지도 고민이긴 할 것이다.

뭐, 적당히 기술 몇 개 받아 가면 되겠지. 스페이스콜로니를 궤도상에 띄울 정도의 기술력이다. 뭘 받아 가도 보통은 할 것이다.

나는 크리스티나를 보며 빙그레 웃었다.

*   *   *

인류연맹에서의 체류 기간 동안 나는 인류연맹의 내 집에 머무르기로 했다.

여기서 내 집이란 누에보 베르사유 궁전을 뜻한다.

궁전이다, 궁전!

겉만 번지르르하고 속은 텅 비어 있겠지, 하고 생각했었지만 그런 내 기대는 배신당했다. 쓸데없이 오리지널 베르사유 궁전을 모사한 거울의 방 같은 곳이 재현되어 있어 아주 그냥 호화로웠다. 집기나 장식물 등도 원조를 최대한 모사하려고 노력한 흔적이 확연했다.

오리지널 베르사유에는 화장실이 없었다는 속설과 달리 누에보 베르사유에는 화장실도 있었다. 많았다. 교단에서 묵었던 최고급 호텔의 스위트룸에 딸린 화장실보다도 넓고 쾌적한 화장실이 궁전 곳곳에 위치해 있었다.

어찌나 집요하게 화장실을 배치해 놨는지, 궁전이 넓어 헤

매다가 실례하는 일은 없을 것 같았다. 실례할 일이 없는 내게는 크게 필요하지 않는 시설이긴 하지만, 아무튼.

궁전 안에는 생활에 필요한 가구들과 가전도 다 들어와 있었다. 아직 소시민적인 감성이 남은 내겐 직접 쓰기에 너무 아깝게 느껴질 정도로 지나치게 화려한 물건들이라 생활용품임에도 생활감이 전혀 느껴지지 않는 게 신비스러웠다.

그건 그렇다 치지만, 역시 혼자 쓰기엔 지나치게 넓다. 어마어마하게 넓다. 안에서 육상경기를 벌일 수 있을 정도의 넓이였다.

이 넓은 궁전을 이렇게 깨끗하게 관리하려면 적지 않은 인력과 수고, 비용이 들 것 같은데 언제 찾아올지 모르는 나를 위해 이렇게 공을 들여 관리했다고 생각하면 미안함과 고마움이 동시에 찾아온다.

그런 생각을 하며 침대에 누워 있을 때였다. 나 혼자 있어 조용한 궁전에 어느 순간부터 갑자기 위이이잉, 하는 소리가 들렸다. 인기척은 없는데, 누구지? 침실에서 나와 봤더니 로봇 청소기들이 여기저기 돌아다니며 청소하고 있었다.

"하긴 기술이 기술인데……."

나는 혼자 읊조렸다. 이게 관리에는 더 경제적이겠지, 하는 납득이 감과 동시에 어째 감동이 좀 식었다.

아니, 부끄러웠다. 왜 부끄러운지 모르겠지만 아무튼 부끄러웠다!

* * *

그렇게 누에보 베르사유 궁전에서의 부끄러운 하룻밤을 보내고 난 후 다음 날 아침, 크리스티나가 찾아와서 내게 말했다.

"대관식은 내일 하기로 했어요!"

대관식 준비를 다 해놨다더니, 진짜였다.

"뭐? 내일?"

"네! 좀 갑작스럽지만 뭐 어때요."

아니, 진짜 갑작스러운데. 하긴 뭐 어때. 빨리 끝나면 좋지. 나는 태클을 걸려다 스스로 납득하는 단계를 빠르게 밟았다.

TV 뉴스는 이미 슈퍼 포스의 쿠데타에 대해 대대적으로 다루고 있었다. 그리고 그 쿠데타의 배후에 마구니 동맹이 있었으며, 빠른 진압에는 이 사실을 미리 알고 비밀리에 입국한 영웅왕 이진혁의 활약이 주효했다는 이야기까지 다 나오고 있었다.

이미 기자들이 인터뷰도 따 갔다. 크리스티나가 미리 작업을 친 건지, 내 선입견과 다르게 기자들은 선을 넘지도 않았고 무리하게 카메라를 들이대거나 하지도 않았다. 그 인터뷰가 지금 TV에 나오고 있었다.

─저는 제가 해야 할 일을 했을 뿐입니다.

나는 TV를 껐다. 할 땐 그냥 했는데 막상 화면에 나오는 내 모습이 이상하게 낯부끄러웠다.

"그래서요."

크리스티나의 목소리에, 나는 TV에서 시선을 돌려 그녀 쪽을 보았다.

"오늘 내로 준비를 끝내야 해요!"

크리스티나는 실로 화사하게 웃고 있었다.

*　　　　*　　　　*

크리스티나가 말한 준비란 내게도 아주 유용한 것들이었다. 먼저 그녀는 인류연맹 최고의 재단사를 불러 즉석에서 내 옷을 만들도록 했다. 비용은 인류연맹에서 다 대준다. 이 비용 자체가 대관식의 예산에서 나오는 것이니 뭐, 당연하다면 당연한 것이긴 했다.

그렇게 해서 불러온 재단사는 뭔가 아주 긴 타이틀을 이름 앞에 달고 있었다. 너무 길어서 기억나지도 않았다. 사실 그녀의 자기소개를 제대로 듣지도 않았다.

"너무 아름다우세요, 폐하! 화면상으로는 본 적이 있지만 실제로는 더욱 아름다우시군요!!"

왜냐하면 재단사가 나를 보자마자 폭언을 쏟아냈기 때문이었다.

정확히 하자면 칭찬이긴 하겠지만 내가 듣기에 폭언이면 폭언이다. 그러나 관대한 나는 폭언을 내게 쏟아붓는 무례한 재단사를 향해 화를 내거나 당장 목을 치라고 명령하지 않았다.

"그야 매력이 999+니까."

대신 내가 한 건 변명이었다. 이 모든 게 능력치 탓이다. 그런 의미로 한 이야기였다.

"정말 굉장히 아름다우세요!!"

그러나 재단사는 내 변명을 자랑으로 받아들인 모양이었다. 아니면 이런 반응을 보일 리가 없었다.

"이렇게까지 아름다우신 분의 의상을 만들 수 있게 될 줄이야. 전 정말 복 받았어요! 축복받았어요! 저는 행복해요! 아, 팔 좀 들어주세요, 폐하. 사이즈를 재야 해서. …팔 드신 모습도 아름다우세요, 폐하!!"

어떤 의미에서는 태도가 정말 일관적이어서 좋았다.

아니, 솔직하게 말하자면 사실 별로 좋진 않았다.

"자, 완성됐어요! 폐하!!"

스킬로 만드는 거다 보니, 바로 이 자리에서 옷이 뚝딱 나왔다. 스킬에 사용된 재료가 허공에서 춤을 추듯 움직이더니 디자인한 대로 옷이 완성되는 광경은 꽤 볼만했다.

[그랜드 마스터 테일러 안느 스위프트가 만든 '영웅왕의 용포']

─분류: 의상

─등급: 명품(Masterpiece)

─내구도: 108/108

─옵션: 매력 +108, 위엄 +108

"훌륭하군!"

디자인이 좀 화려하긴 하지만 중요한 건 그게 아니다. 이 매력 상승치와 위엄 상승치를 보라!

재단사의 첫인상이 좀 안 좋긴 했지만 역시 실력만큼은 인류연맹 최고라 할 만했다. 하긴 천재들은 분위기 파악을 잘 못 한다고들 하지 않는가. 이 정도 실력이라면 용서가 된다.

"아주 마음에 들어!!"

[궁극 이진혁]

그리고 나는 그 자리에서 옷을 불태웠다.

"꺄아악! 무, 무슨……!"

재단사가 비명을 질렀지만 나는 아랑곳하지 않았다. 왜냐하면 불이 사그라든 후, 그 자리에는 전의 것보다 조금 더 좋은 옷이 나타나 있었으므로.

[그랜드 마스터 테일러 안느 스위프트가 만들고 이진혁에 의해 기적적으로 축복받은 신비한 '이진혁의 용포']
　─분류: 의상
　─등급: 전설적 명품(Legendary Masterpiece)
　─내구도: 298/298
　─옵션: 매력 +298, 위엄 +298

이제 와서 두 번 말할 것 없이, [기적]적인 [축복]과 [신비]의 힘이다.

"이, 이럴 수가! 내 옷이 이렇게 아름답게……!"

내가 보기엔 디자인은 그게 그것인 것 같았지만 재단사가 보기엔 그렇지도 않은지 축복받은 옷을 몇 번이나 들여다보더니 멍하니 정신을 놓고 앉았다. 한참 동안이나 그러고 있던 재단사는 눈을 희번덕 떴다. 그러더니 갑자기 제자리에 꿇어앉으며 내게 애원했다.

"폐하! 폐하! 제게 시간을 조금만 더 주시옵소서, 폐하!!"

갑자기 재단사의 말투가 바뀌었다는 것을 지적할 분위기는 아니었다.

*　　　　*　　　　*

"어, 왜? 완성된 거 아니야?"

"지금 떠올랐나이다! 번뜩하고 떠올랐나이다!! 제발, 통촉하여 주시옵소서!!"

무슨 딱따구리도 아니고 이마가 피칠갑이 될 정도로 머리를 바닥에다 따다다닥 박으며 빠른 목소리로 '통촉! 통촉! 통촉하여 주시옵소서!!'를 연타하는데 내가 이길 재간이 없었다.

"어, 어어. 그래……."

"성은이 망극하나이다!"

내 허락이 떨어지자마자 재단사는 광기 어린 눈을 반짝이며 가위를 들었다.

그래서 새로운 옷을 만들어주려나 하고 봤더니 이미 완성된 옷에다 마구 가위질을 하기 시작하는 것 아닌가? 그렇게 옷을 엉망으로 만들어놓더니 혼자 신나서 '그렇군!' 하고 몇 차례 외치곤 그걸 다시 바느질하기 시작했다.

"폐하! 다시 살펴보시옵소서!"

중간 과정까진 분명 엉망이었던 옷이었는데 작업이 끝나자 새로워져 있었다. 문외한인 내가 봐도 아까보다 훨씬 나아져 있었다.

"오! 아까보다 훌륭해졌군!!"

옵션: 매력 +312, 위엄 +312

하지만 내게는 옷의 외관이 더 나아졌다는 것보다 옷이 주는 매력과 위엄이 더 높아졌다는 게 더 중요했다.

그 뭐냐, '어린 왕자'에서 나왔던가? 어른들은 사물의 본질보다 숫자를 좋아한다고 했던 그 명대사. 새롭게 완성된 옷의 옵션을 바라보며, 나는 내가 어른이 되었음을 깨달았다.

"황공, 황공, 황공하옵니다, 폐하!!"

재단사는 감격하며 외쳤다. 만족했다니 다행이군. 나는 새롭게 완성된 옷을 들여다보며 혼잣말을 했다.

"이제 여기에 [스킬 부여]를 쓰면 더 좋아지겠지."

하지만 이건 지금 할 게 아니다. [스킬 부여]야 디자인과는 상관없이 그냥 해당 스킬의 옵션을 추가 부여 하는 정도의 기능밖에 없으니까.

나는 그렇게 생각했지만 재단사의 의견은 다른 모양이었다.

"폐, 폐하……. 그 스킬 부여란 대체……?"

재단사가 내 혼잣말에 흥미를 가졌는지 넌지시 질문을 던졌다. 굳이 감출 일은 아니기에, 나는 자랑삼아 [스킬 부여]에 대해 설명해 주었다.

그러자 재단사는 내 생각과 달리 크게 흥분하며 다시 질문을 퍼부었다.

"그, 그럼 혹시 이런 거 가능하십니까?"

"이런 거?"

뭐라 뭐라 묻길래 일단 가능하다 해줬더니 재단사는 또다시 크게 흥분했다.

"폐하, 폐하! 아니옵니다, 폐하!!"

"뭐가 아니라는 거야?"

"지금 디자인은 재질의 한계와 타협한 결과물이옵니다. 하지만 폐하의 [스킬 부여]가 있다면 굳이 재질의 한계에 구애될 필요가 없사옵니다! 그러니까……!"

재단사는 뭐라고 길게 설명했지만 나는 절반 정도밖에 이해하지 못했다. 그래도 중요한 부분은 충분히 이해할 수 있었다.

"내 [스킬 부여]가 있으면 더 좋은 걸 만들 수 있다, 이거지?"

"그렇사옵니다!!"

내 대꾸에 재단사의 표정이 확 밝아지는 걸 보니 내가 핵심은 제대로 알아들은 것 같네.

"그럼 시작하지."

"황공하옵니다!"

재단사는 아예 인벤토리에서 새 원단을 꺼내 들었다. 처음부터 다시 시작할 생각인 듯했다.

내가 스킬 한 번에 옷이 뚝딱 만들어지니 별로 오래 걸리지 않을 거라고 했던가? 그 말은 아무래도 취소해야 할 것 같았다.

"폐하! 부탁드립니다!"

"그러지."

나는 재단사와의 협업을 통해 옷을 완성해 나가는 과정을 즐기기 시작했다. 귀찮아서라도 금방 끝내려 했던 것도 잊어버릴 정도로 말이다.

내 보조 직업은 요리사를 제외하곤 1차 산업에 치우쳐져 있었지만 이번 일을 계기로 2차 산업, 그러니까 제작과 가공에도 큰 흥미를 느끼게 되었다.

"언제 한번 그랑란트에 들르라고. 이것보다 더 좋은 옷을 만들게 해주지."

이 재단사를 그랑란트에 데려가서 회식에 참가시켜 테스카의 [즐거운 회식]을 통해 [나 혼자 두 배]와 [관심중독증], [별하나 데]를 공유시켜 주고 [한계돌파]까지 뚫어주면 대체 어떤 옷이 만들어질지 벌써부터 기대됐다.

"성은이 망극하나이다!!"

내가 뭘 어떻게 해서 좋은 옷을 만들 수 있게 해줄 건지 설명도 안 했는데, 재단사는 그 자리에서 큰절을 하며 내게 고마워했다.

이제는 내 말이면 껌으로 메주를 쑨다고 해도 믿을 분위기였다.

＊　　　　＊　　　　＊

[그랜드 마스터 테일러 안느 스위프트가 심혈을 기울여 만들고 이진혁에 의해 기적적으로 축복받은 신비한 '영웅 이진혁의 만월 하승천룡포']

"다 됐군."

재단사를 돌려보낸 나는 완성된 의상을 만족스럽게 들여다보았다. 의상의 이름이 지나치게 긴 것 빼고는 내 마음에 쏙 들었다. 꽤 피곤하긴 했지만 나름 보람이 느껴지는 협업이었다.

"자, 이걸로 준비는 다 끝났지?"

"아뇨?"

옆에서 기다리고 있던 크리스티나가 그게 무슨 소리냐는 듯 고개를 저었다.

"왕관 만드셔야죠. 그리고 구두와 장갑, 혁대······. 아, 옥새
도 만드셔야 해요!"

그리고 크리스티나의 옆에 한 무리의 사람들이 눈을 반짝
거리며 서 있었다. 아무래도 내가 재단사와 협업하는 모습을
그동안 지켜본 듯했다. 그래선지 시선에서는 묘한 기대감이
서려 있었다.

"서, 설마······!"

"전부 폐하를 위해 모아온 사람들이랍니다!"

나는 한숨을 내쉬었다. 그래, 다 내 거 만들자고 모아온 사
람들인데 이거 귀찮다고 내쫓을 순 없지. 나는 숨을 한 번 크
게 들이켜고 외쳤다.

"덤벼라!"

*   *   *

길고도 치열한 싸움이었다.

"이제··· 이제 됐지?"

"네! 이제 홀만 만들면 되겠네요!!"

크리스티나는 아무렇지도 않게 내 물음에 대답했다.

아니, 그건 '네'가 아니잖아.

하지만 다행이다.

"홀이라면 이미 있어."

나는 [이진혁의 홀]을 인벤토리에서 꺼내 크리스티나에게 보여주었다.

"이, 이건……! 끄으읍!!"

[이진혁의 홀]을 들고 한참이나 들여다보며 끙끙대던 크리스티나는 이윽고 양손을 들어 올리며 패배를 인정했다.

"분하고 원통하지만 폐하, 이보다 더 좋은 홀을 인류연맹에서 만들 수 있을 것 같지는 않군요. 이, 이걸로 대관식을 치르시지요."

"…울 정돈 아니지 않냐?"

그랬다. 크리스티나는 분하고 원통한 나머지 이를 꽉 문 채 뜨거운 눈물을 흘리고 있었다. 그 모습이 정말 사나이다웠다.

"이거 옥황상제 거 빼앗아 온 거야."

"아, 그 [옥황상제의 홀] 말이군요. 천계 최고의 홀이라면 어쩔 수 없죠. 그런데 그 홀은 옥황상제 전용이라 들었는데……."

"불로 정화했지."

"아아."

크리스티나는 납득한 듯 고개를 끄덕였다. 그녀도 내가 장인들과 하는 양을 그동안 지켜봐 왔으니 내 말을 못 알아들을 리는 없었다.

"그럼 이걸로 대관식의 준비는 끝났네요!"

이제야 해방됐군. 나는 안도의 한숨을 내쉬었다.

"그럼 폐하, 내일 다시 뵙겠습니다!"

"그래."

"아, 맞다. 내일은 머리하시고, 화장 받으시고, 손발톱 정리 받으셔야 돼요. 주무시기 전에 스킨케어와 마사지 담당자를 보내 드릴 테니 꼭 받으시고요. 그리고 또……."

끝난 게 아니었다!

＊　　　　　＊　　　　　＊

상급 신 에르메스는 얼굴에서 쓴웃음을 지울 수가 없었다.

"내가 이런 몸이 되어버릴 줄이야."

아니, '한때' 상급 신이었던 에르메스라 지칭하는 것이 옳을 것이다. 비록 신성은 남아 있더라도 지금의 에르메스는 이미 마구니에 집어삼켜져 버려 신이라 스스로를 자칭할 수 없을 정도로 굴러떨어져 있었다.

"뭐, 싫지는 않지만 말이지."

마라 파피야스의 분신에게 사로잡혀 산 채로 잡아먹힐 뻔했음에도 불구하고 에르메스는 마구니가 되어버린 스스로가 그리 혐오스럽지 않았다. 오히려 이제까지 왜 그렇게 마구니를 혐오했는지 이해하지 못할 정도였다.

그것은 혐오가 아니라 질시 아니었을까. 마구니가 된 에르메스는 생각했다.

"이렇게 좋은 걸 나 혼자 할 순 없지, 다른 이들도 모두 모조리 마구니로 만들어야겠어."

에르메스는 마구니로서 당연한 결론에 이르렀다. 마구니가 되자마자 든 이 강렬한 욕망은 마구니 종족 전체의 비원이자 목표였고, 에르메스 또한 스스로의 욕망에 솔직해진 참이었다.

다행히 에르메스는 마구니 동맹에서 어느 정도의 영향력을 손에 넣었다. 마라 파피야스의 분신 넘버링을 손에 넣은 것이 그거였다. 진짜 마라 파피야스의 분신이 된 것은 아니나, 그에 준하는 권한을 얻었다.

비록 부여된 넘버링이 네 자릿수긴 하지만 휘하에 부릴 수 있는 마구니 두령과 졸개 마구니 천여 명이 주어졌고, 어느 정도의 자유도와 단독 작전권도 부여되었다.

이걸로 뭘 할까? 하는 생각을 오래 할 수는 없었다. 분신 넘버링이 부여됨과 동시에 에르메스에게도 따로 임무가 내려왔기 때문이다. 휘하 병력을 이끌고 인류연맹을 치라는 것이 그 임무의 내용이었다.

"인류연맹? 그 변경의 소규모 세력 말인가?"

만신전 시절에 에르메스의 뇌리에 새겨진 인류연맹에 대한 선입견은 그대로 유지되어 있었다. 이름은 인류연맹이지만 그 구성원에 인류는 없다. 만신전의 하부 조직이었던 교단이 떨어져 나가고, 그 교단에서 또 떨어져 나간 게 인류연맹이다.

"예, 그렇습죠. 분신님."

에르메스에게 붙은 마구니 두령이 연신 고개를 조아리며 대답했다.

사실 마구니 두령은 인류연맹이 에르메스의 생각처럼 호락호락한 세력이 아니라는 것을 슈퍼 포스 사건을 통해 잘 알고 있었지만 그걸 굳이 입에 올려 새로이 모시게 된 주인의 심기를 불편하게 만들 생각이 없었다.

이런 '외부 인사'는 이미 모든 쾌락에 찌들어 나태함만이 남은 여타 마라 파피야스의 분신들과 달리 자기 일에 열심임을 마구니 두령도 잘 알고 있었다. 그리고 여기서 말하는 그 자기 일은 휘하의 기강 잡기나 내리 갈굼도 포함된다. 자극해서 좋을 일이 없다.

그런 자기 보신적인 마구니 두령의 언행 덕에 에르메스는 인식을 바로잡지 않게 되었다.

"쉬운 임무군."

마구니가 되었다지만 상급 신 시절에 갖고 있던 힘을 잃은 건 아니었다. 에르메스는 이 임무를 수행하는 데 자기 혼자만으로 충분하다고 결론 내렸다.

"좋아, 두령. 마구니들을 집합시켜."

"예? 아, 예!"

마구니 두령은 잽싸게 움직였다. 집합에 오랜 시간이 걸리진 않았다. 새로운 지휘관을 맞이해서 인사를 올리기 위해, 마구니 두령이 눈치 빠르게 가까운 곳에 에르메스 휘하의 마구니들을 대기시켜 두었기 때문이다.

만신전 출신자들은 허례허식에 민감하다고 해서 준비해 뒀던 게 이렇게 도움이 될 줄은 마구니 두령도 미처 생각지 못했다.

"좋아, 다 모였나?"

그렇게 집합한 휘하의 마구니들을 보며 에르메스는 새삼스레 감회에 젖었다.

에르메스의 휘하에 배속된 마구니들은 에르메스가 패전 직전의 만신전에서 빼내 온 만신전 출신 마구니들이었다. 사실 마구니보다는 아직 신에 가까운 이들이기도 했고.

만신전의 입장에서 보자면 배신자들이지만, 마구니가 된 에르메스의 입장에선 동포들이다. 그렇게 살려 온 동포들이 그대로 자신의 밑에 배속되었으니, 에르메스 입장에서도 감개무량한 맛이 있었다.

"무슨 명령이든 내리십시오. 우리의 대의를 위해, 그 어떤 명령에도 따르겠습니다!"

그들 중에서도 우두머리 역할을 하는 이가 있었던지, 다른 이들을 대표해 에르메스에게 그렇게 외쳤다. 사실 이들의 명목상 우두머리는 마구니 두령이었던지라, 두령은 그를 째려봤지만 그는 물론이고 에르메스 또한 두령의 시선을 크게 신경 쓰지 않았다.

"좋다. 우리가 해야 할 일을 간략히 설명하지. 우리는 인류 연맹에의 정복을 명받았다."

"쉬운 임무로군요."

"쉬운 임무지."

그들의 대화를 들으며 마구니 두령은 코웃음 치는 모습을 보이지 않기 위해 무진 애를 써야 했다.

저 만신전 출신 신참 애송이들은 아무것도 모른다. 마구니의 방식도 모른다. 이 싸움이 명예로운 것인 줄 안다. 마구니의 명예로운 싸움이란 자신의 모습을 드러내지 않은 채 주변을 마구니로 물들이는 것임을 이해하지 못한다.

그러나 마구니 두령 또한 이 싸움에 직접 나서야 하는 몸이다. 마구니의 방식이 아니라 속세의 방식으로. 저들을 비웃음은 결국 자기 얼굴에 오물을 끼얹는 것과 다름이 없음을 깨달은 두령은 한숨을 참아내며 에르메스의 곁에 섰다.

"그럼… 출진한다!"

에르메스는 곧장 휘하의 마구니들을 이끌고 인류연맹으로 향하는 차원문을 열었다.

작전 회의나 보급품 점검 같은 귀찮은 일은 모두 생략했다. 사실 그냥 혼자 가서 휘저어도 될 일이다. 그런 생각이었으므로.

"빨리 해치우고 가서 쉬자."

에르메스가 솔선해서 차원문을 통과했다. 그 너머에 무엇이 기다리는지 알지 못한 채.

*　　　　　*　　　　　*

다행이라고 해야 할지 뭐라 해야 할지 헷갈리지만, 인류연맹의 헤어디자이너와 메이크업아티스트 등등의 미용산업 수준은 그랑란트의 비토리야나에 비할 바는 못 됐다.

하기야 비토리야나는 매력을 올리면 올릴수록 강해지는 고유 특성을 지니고 스스로를 더 아름답게 만드는 데 평생을 바친 인재다. 그것도 수만 년간이나. 아무나 쉽게 따라잡을 수 있을 리는 없지.

그렇다고 이 자리에 비토리야나를 불러오지는 않았다. 나는 그냥 얌전히 인류연맹 소속의 아티스트들에게 내 몸을 맡겠다. 인류연맹의 대관식인데 가능하면 인류연맹의 손에 맡기고 싶다는 생각에서였다.

…그럴 거면 홀도 인류연맹에게 맡기는 게 맞지 않냐는 질문이 나올 법한데, 그땐 내가 너무 지쳐 있었다. 뭐, 몸단장은 별로 오래 걸리는 것도 아니라는 점 때문이기도 했다. 스킬로 휘리릭 하면 뿅 되니까.

어제 완성한 예복을 비롯한 각종 대관식 아이템 세트를 착용하고 홀은 지참한 내 것을 쓰니 이로써 대관식의 준비는 끝났다.

원래 계획으로는 대관식을 최고 의사당에서 치를 예정이었지만, 슈퍼 포스와의 전투로 이래저래 어수선한 의사당 대신 누에보 베르사유, 그러니까 내 궁전에 있는 거울의 방으로 변경되었다고 한다.

그래서 어쩌다 보니 내가 대관식의 호스트가 됐다. 뭐, 호스트라 해도 내가 할 일은 별로 없었지만 말이다. 준비 자체는 크리스티나가 다 했다.

애초에 건물 관리도 로봇으로 하는 마당에 그녀가 청소 등의 잡일을 할 필요도 없었고 그냥 버튼 몇 개 두드리니 자동으로 다 됐다.

그렇다고 사람 할 일이 아예 없는 건 또 아니었다. 인류연맹 최고의 연주자들을 초청해 음악을 직접 연주하도록 하고,

내가 대관식에서 왕관을 받아서 쓰는 장면을 그리기 위해 최고의 화가도 초청해 놨다고 한다. 스킬만큼은 기계가 어떻게 할 수 없으니 사람을 써야 한다.

"돈 많이 썼네."

내가 크리스티나에게 넌지시 묻자, 그녀는 웃으며 대답했다.

"아뇨, 별로 안 들었어요."

"응? 그래?"

의외의 대답에, 나는 그렇게 되묻고 말았다.

"네. 다들 폐하의 팬이라서요. 사실상 재능 기부 형식으로 하기로 했어요. 조금 전에 만나보셨던 헤어디자이너나 메이크업아티스트도 마찬가지고요."

"에이, 아무리 그래도 기본급은 줘야지."

"그거야 물론이죠. 억지로라도 줘야 폐하의 품위를 손상시키지 않으니까요."

내가 다른 걱정 하지 않아도 될 정도로 크리스티나가 알아서 다 한 모양이다.

"그렇군. 그렇다면 됐군."

"네!"

크리스티나는 자신만만하게 대답했다.

*　　　　　*　　　　　*

　크리스티나가 초청한 사람들이 하나둘씩 모여들었고, 모두 내게 인사를 청했다. 이것 참, 결혼식 같군. 난 해본 적도 없지만 말이다.

　개중에 반가운 인물들도 있었는데, 링링과 주리 리가 바로 여기 속했다. [레벨 업 마스터]의 상점 기능과 전직 기능을 지원해 주는 NPC… 라고 생각했던 적도 있었지. 그러나 이렇게 실제로 존재한다는 걸 보고 악수까지 나누니 그런 게 아니라는 실감이 든다.

　"직접 뵙는 건 처음이네요, 폐하!"

　"만나 뵙게 되어 영광입니다, 폐하."

　"그래, 둘 다 반가워."

　크리스티나를 처음 만났을 때도 그랬지만 어쩐지 감개무량한 만남이었다.

　내가 황무지에서 마른 빵을 뜯어 먹고 있을 때 처음 만난 이들인데, 어느새 나는 왕의 자리에 올랐음에도 이들의 보이는 모습은 똑같으니. 하긴 모습만 같을 뿐, 실제로는 둘의 지위도 급상승했다고 들었지만 보는 입장에서는 역시 외견을 먼저 신경 쓰게 된다.

　십수 년이 흘렀음에도 조금도 나이를 먹지 않은 건 지금 와서 지적할 것도 못 된다.

천사니까, 뭐.

"결국 이렇게 폐하께서 정식으로 대관식을 치르는 장면까지 보게 되는군요! 어쩐지 이상한 기분이에요. 꿈이 현실이 되는 것 같은 느낌?"

링링도 나와 같은 감개무량함을 느끼고 있는 듯 약간 몽롱한 모습을 보인 반면, 주리 리의 경우는 조금 특이했다.

"이럴 줄 알았으면 왕과 관련된 직업을 미리 추천해 드릴 걸 그랬습니다."

여기서 직업 상담을?

"아냐, 어차피 명예직인걸. 실제로 통치하는 것도 아닌데."

나는 웃으며 대답했다.

최고 의원들도 당연히 초청되어 왔고, 인류연맹 3대 가문의 면면도 모습을 보이고 내게 인사했다. 3대 가문에 소속되어 있으면서 최고 의원인 인물도 있어서 좀 겹치긴 했지만, 당연히 겹치지 않은 인물도 있었다.

그중에 가장 인상 깊었던 인물이 키예드 하워드, 키르드의 증조부이자 하워드 가문의 가주인 인물이다. 인류연맹 권력의 중심이라던 최고 의원들도 그를 앞에 두고는 허리를 굽히기 바빴으나, 그 키예드 하워드도 내 앞에서는 허리를 숙여 공손히 인사하는 모습을 보였다.

"명성은 익히 들었으나 직접 뵙는 건 이것이 처음이로군요, 영웅왕 폐하. 제가 키르드의 증조부인 키예드 하워드입니다."

"아, 예. 안녕하세요."

인류연맹의 실세로 보이는 이 노인을 상대로 어떤 말투를 써야 할지 아주 약간 고민했지만, 나는 그냥 노인을 상대하는 셈 치고 높임말을 쓰기로 결정했다.

"반갑습니다."

좀 어색하지만 뭐 어떤가. 나는 손을 내밀며 덧붙였다.

그런데 이런 내 어색한 인사에도, 노인은 푸근히 웃으며 내가 내민 손을 맞잡았다.

"인류연맹을 여러 번 구해주서서 정말 감사합니다, 폐하."

음? 인류연맹? 키르드가 아니라? 당연히 키르드 이야기가 나올 줄 알았던 나는 약간 김이 새고 말았다.

"어쩌다 보니 그렇게 됐네요."

김이 새서 이런 말을 한 건 아니다. 그냥 진심이다.

나는 나 좋으라고 행동했는데 그 행동의 결과가 인류연맹을 구하는 것으로 이어진 게 한두 번이 아니었으니.

게다가 인류연맹에 직접 와서 기술력과 인구수를 보자니 사실 전면전이 일어났어도 인류연맹은 스스로가 스스로를 구할 능력이 충분히 있어 보이니 내가 나서서 거들먹거릴 일도 아니었다.

"대단히 겸손하시군요. 존경스럽습니다."

"별말씀을."

핫하하, 하하.

나와 키에드의 웃음소리가 겹쳤다.

"하워드 가주. 그쯤 해두시게. 나도 폐하께 인사드리고 싶네."

그때, 다른 노인이 끼어들었다. 그러자 키에드 하워드가 넉살 좋게 말했다.

"이런 실례를. 이 사람은 스트로하임 가문의 가주로 이름은 루돌프라 합니다."

아, 스트로하임? 그 337번, 그러니까 로터스 스트로하임의 소속 가문인가?

로터스 스트로하임은 반역자이자 쿠데타 주동자 중 하나로 꼽혔다. 그런 걸 생각하면 이 스트로하임 가문의 가주, 루돌프 스트로하임은 사실 뭔가 심로에 시달리고 있거나 좀 불안한 모습을 보여야 할 것도 같은데, 전혀 그런 모습을 찾아볼 수가 없었다.

자기랑 상관없는 일이라고 잘라낸 건가? 뭐, 그럴 수도 있겠지.

사실 내 알 바는 아니다.

"왜 내 소개를 당신이 하나?"

"인류연맹의 3대 가문 중 하나로 이름이 높지만 하워드 가문에 비하면 솔직히……"

"폐하 앞에서 거짓부렁 그만 늘어놓고 비키게나, 키예드!"

두 노인이 투닥거렸다. 나는 노인들의 모습을 보며 미소를 만들어 보이곤 이렇게 말했다.

"두 분이 사이가 좋으시군요."

내 말을 들은 두 노인의 표정이 확 식어버리는 게 매우 인상적이었다.

"폐, 폐하. 터무니없……. 아니지. 오해십니다."

"그렇습니다, 폐하. 저와 루돌프는 아주 사이가 좋습니다."

아무래도 루돌프 스트로하임보다는 키예드 하워드가 더 고단수인 것 같았다. 나는 웃음이 새어 나오려는 걸 참고 '그러시군요.' 하고 받아주었다.

"폐하, 인사드리옵니다. 리 가문의 가주 세나라 하옵니다."

그때, 예쁘장한 소녀 한 명이 갑자기 나서서 내게 인사를 건넸다.

그런데 가주라고? 이 소녀가?

아니, 크게 놀랄 일은 아니다. 상대는 플레이어고 천사다. 수명이 있긴 할 테지만 스킬의 힘을 빌리면 자신을 젊고 아름답게 꾸미는 건 일도 아니지. 좀 많이 어리고 스킬발 받은 것치곤 덜 아름답긴 하지만 말이다.

"아, 네. 안녕하세요."

그래서 나는 다른 노인들 상대하듯 높임말을 써줬다. 그러자 리세나는 생긋 웃으며 말했다.

"편히 말씀해 주셔도 됩니다. 저는 아직 어리고……."

"할매! 그건 또 무슨 망발이야!!"

그런 리세나의 미소에 찬물을 끼얹은 건 스트로하임의 가주인 루돌프였다.

"루돌프! 무례한! 내가 폐하께 인사를 드리고 있지 않은가!"

"아니, 할매가 어리진 않잖아!! 폐하, 저 할망구의 기만을 부디 용서하여 주시옵소서."

"기, 기만이라니!"

리세나와 루돌프가 그렇게 투닥대고 있을 때, 크리스티나가 소리 없이 내게 다가왔다.

"폐하, 대관식의 준비가 모두 끝났나이다."

아무래도 3대 가문의 가주들 앞인지라 크리스티나도 평소와 달리 내게 극존칭을 사용했다.

"그래. 그럼 시작하지."

"예, 폐하."

나와 크리스티나의 대화를 들은 건지, 3대 가문의 가주들도 서로 투닥거리길 멈추고 헛기침을 하며 물러났다.

"그러면 폐하, 거울의 방에서 뵙겠나이다."

키예드 하워드가 셋의 우두머리인 양 선수 쳐 입을 열자, 루돌프 스트로하임과 리세나는 내심 불쾌한 듯 눈썹을 꿈틀 거렸지만 이런 타이밍에 말싸움을 벌이고 싶진 않은 듯 얌전 히 허리를 숙여 보이곤 방을 나갔다.

그리고 잠시 후.

"영웅왕 폐하 납시오!!"

바깥의 목소리를 듣고, 나는 거울의 방으로 나섰다.

*　　　*　　　*

거울의 방에 나선 나는 리허설과 똑같이 옥좌 앞에 나아가 섰다. 그리고 그 순간, 인류연맹 최고라는 연주자들의 연주가 시작되었다.

옥좌 앞에는 인류연맹 최고회의의 면면이 먼저 도착해 도열 해 있다. 그들이 다 같이 손을 뻗어 들고 있는 것은 왕관이었 다. 상징적인 장면이다. 인류연맹의 모든 권한을 쥔 손들이 쥐 고 있는 왕관. 그 왕관이 모두의 손에 의해 천천히 앞으로 나 와, 의장의 손에 들렸다.

왕관을 든 의장은 그 자리에서 한쪽 무릎을 꿇고 내게 왕 관을 바쳤다.

"인류연맹의 민의를 모아, 이진혁 님을 연맹의 왕으로 추대

하나이다!"

의장이 큰 목소리로 외쳤다. 나는 그 왕관을 받아 들어 썼다.

"왕이시여, 만수무강하소서!"

의장의 선창에 다른 최고 의원들이 따라 외쳤다.

"왕이시여, 만수무강하소서!!"

그러자 나머지 사람들이 마지막으로 따라 외쳤다.

"왕이시여, 만수무강하소서!!"

이로써 나는 인류연맹의 시민들이 인정한 적법한 군주가 되었다.

이걸로 대관식의 실질적인 절차는 모두 완료된 셈이다. 이제 남은 건 여기 모인 이들에게 답례 연설을 한 번 해준 후 건배를 하고 만찬을 즐기는, 사실상의 요식행위였다.

그런데 하필이면 지금 이 순간, 직감이 반응했다.

"적이다."

나는 나도 모르게 혼잣말을 흘렸다.

"예?"

내 말이 그렇게 의외였던지, 의장이 뒤집힌 목소리로 물었다. 질문에는 대답해 주는 게 인지상정이지. 나는 친절히 대꾸해 줬다.

"적이 왔다고."

"폐, 폐하……. 그건 무슨……?"

의장이 간신히 황망함을 누르고 내게 되물었지만, 그 되물음에는 대답할 필요가 없었다.

삐비비비비! 자리에 있던 모든 이들의 통신용 디바이스가 숨넘어가듯 비명을 질러댔다. 중요한 행사 중이라 모두 디바이스를 꺼놓거나 무음으로 돌렸을 텐데도 아랑곳없이.

이런 경우는 하나뿐이다.

"뭐냐! 무슨 일이야!!"

의장이 크게 외쳤다. 눈치가 안 좋군.

"국가비상사태입니다, 의장님!!"

크리스티나가 하얗게 핏기 가신 얼굴로 외쳤다.

"적들이… 마구니 동맹이 쳐들어왔습니다!"

『레전드급 낙오자』 12권에 계속…